U0688364

你是我的风景

廖 毅———著

百花洲文艺出版社
BAIHUAZHOU LITERATURE AND ART PRESS

图书在版编目（CIP）数据

你是我的风景 / 廖毅著. —— 南昌：百花洲文艺出版社，2022.6

ISBN 978-7-5500-4716-7

Ⅰ.①你… Ⅱ.①廖… Ⅲ.①散文集 – 中国 – 当代 Ⅳ.①I267

中国版本图书馆 CIP 数据核字（2022）第 075354 号

你是我的风景

NI SHI WO DE FENGJING

廖毅　著

出 版 人	章华荣
责任编辑	郝玮刚
装帧设计	书香力扬
制　　作	书香力扬
出版发行	百花洲文艺出版社
社　　址	南昌市红谷滩区世贸路 898 号博能中心 A 座 20 楼
邮　　编	330038
经　　销	全国新华书店
印　　刷	成都兴怡包装装潢有限公司
开　　本	880mm×1230mm　1/32　　印张　8.5
版　　次	2022 年 7 月第 1 版第 1 次印刷
字　　数	200 千字
书　　号	ISBN 978-7-5500-4716-7
定　　价	43.00 元

赣版权登字　05-2022-79

版权所有，侵权必究

网址　http://www.bhzwy.com

图书若有印装错误，影响阅读，可向承印厂联系调换。

一道独特的人生风景

○叶　辛

　　我和贵州结缘半个世纪了，交了不少贵州朋友，廖毅就是其中一位。只因认识，他写下的散文作品，我断断续续看过一些。读了这本新书，有了更深的印象。

　　我始终认为，作家的创作是与自身的经历密切相关的。廖毅是从贵州的大山里走出来的一位文化人，他年少家贫，不甘命运摆布，凭着自身的努力成为一名中学教师，尔后又成为一名政府机关工作人员。而在许多人满足于公务员的现状，一心憧憬仕途繁华的时候，他却在 20 世纪 90 年代中期地方政府为缓解财政压力、探索干部体制改革而推动的"干部打工"浪潮中脱颖而出，成为当时这项影响巨大、争议也巨大的政策的积极实践者。以他为代表的这个群体，一度成为国内外媒体争相报道的对象。

　　在很长一段时间里，"打工干部"一直是媒体和官方宣传中廖毅最鲜明的标签。

　　但他清醒地知道，职场不相信眼泪，"干部"的光环罩不住自己的人生。在东部沿海的企业里，他从基层干起，扬长避短，兢兢业业，经过公司内报（刊）主编、团委书记、办公室副主任、新闻发言人、媒介事务部总经理、研究室主任、文化传播中心总经理等多种工作历练后，他又主动回归教育"本业"，成为所在企业大学的一名负责人，通过培训授课等方式，继续着这家企业的文化传承。随着时间的推移，"打工干部"的身份渐渐被淡化以致遗忘，"新闻发言人""企业讲师"又相继成为业内熟知的标签。

按廖毅的说法，在多年职场生涯中，无论职务称谓如何变化，但"写"是他的常态。因工作使然，他经常要写新闻、写报告、写讲话稿、写各种应用型的材料；因爱好使然，他也从未停止过文学作品的写作。"把经理当作职责，用文学提升价值"，这样的定位，使他的职场生涯更多了一份精彩。他的创作，立足当下，纵横今昔；关注职场，触类旁通。我发现，在他业已出版的著作中，散文随笔、报告文学占了很大一部分。而其他看似严肃题材的财经观察、业务专著等，也写得轻松活泼、颇具文采。

于是，在"新闻发言人""企业讲师"之外，他又多了一个"打工作家"的新标签。

在他看来，"打工干部"也好，"新闻发言人"也好，"企业讲师"也好，都只是阶段性的。随着工作角色的变化，一切都会随时终结。而"打工作家"的标签也许是永久的，生命不息，创作不止。他坚信，我思故我在。我写，"作家"的使命便在！

眼下这本书，收录作者散文随笔七十多篇，全书由《梦想在远方》《愿做一根草》《你是我的风景》《谁的岁月不蹉跎》四个部分组成。每部分的名称，都是其中一篇代表性文章的题目。第一部分以写人为主，所写人物既有文学大家、演艺明星、创业精英，也有寻常百姓，但从他们的身上都能看到一种向上的力量，感受到一种远方的"梦想"；第二部分以记事为主，涉及社会、家庭、个人等有意义的趣事，通过对一些小事件、小细节的描写，折射出百味人生；

第三部分以男女情感为主，但不单纯描写情感，而是有所延伸，给人以更多想象和启迪；第四部分选录了部分有意思的影评、书评等，让人从阅读（观赏）中汲取知识的营养，感受精神的愉悦。

我注意到，书中收录的多是些短小精悍的"小文章"，这与作者的工作性质有关。人在职场，总有许多不可推辞的责任乃至压力。对他来说，经理人始终是第一重身份，作家是第二重身份。他的创作多是在工作之外那些"边边角角"的时间里完成的，因而没有那么多精力来构思、创作"大部头"作品。那些有感而发，抓住短暂时光写就的"小文章"，也就成了他呈现给世人的主要文学形态。

但我同样注意到，即使是这样的"小文章"，作者也从不马虎，在写作上独具匠心。写人，他着重抓住人物特征及其经历中的感人故事，突出主人公的激励作用；记事，着眼由事入理，揭示生活真谛；写物，注重动静结合，以静喻动，用描写而非说明的语言，从静态的事物中体现出生活乃至生命的动感来；言情，也非一般意义上的谈情说爱，更多是借景抒情、借情言志，给人以更多想象和启迪。如作者所说，太熟悉的地方没风景。但有了打动你的那个人（或事、物），心境变了，眼前的一切也会变。"你是我的风景"也就成了全书的"眼"，成了他对人生的一种深刻感怀。

文学源于生活，廖毅的作品记录了他作为一名职场人士的心路历程，以他对生活的独特感受构织成一道独特的人生风景，因而具有独特的文本价值。

令人欣喜的是，时至今日，廖毅已经出版了20来本书。在不断的书写、不断的积累中，他对人生、对命运，乃至历史和社会，一定会有更多的思考和感悟，在深思熟虑的基础上，写出更出色、更让人耳目一新的作品来。贵州的历史上，出现过郑珍、莫友芝这样的大家，为人称道。相信在当代贵州，同样会出现这样的后继者。

　　开卷有益，我愿向广大读者推荐廖毅的这本书。

　　是为序。

2021 年 8 月 21 日

于贵州花溪十里河滩

　　（叶辛，中国当代著名作家、中国作家协会原副主席，出版有《蹉跎岁月》《家教》《孽债》等畅销书。）

内 容 提 要

　　本书收录作者散文随笔七十余篇，全书以"人"为主线，记录了诸多有趣的人、事、物、情，写人着重抓住人物经历中的感人故事，突出主人公的激励作用；记事着眼由事入理，揭示生活真谛；写物注重动静结合，用描写而非说明的语言，从静的物中体现出生活乃至生命的动感来；言情也非一般意义上的谈情说爱，而是有所延展，给人以更多启迪。常言说，熟悉的地方没风景。但有了打动你的那个人（或事、物），心境变了，眼前的一切也会变。所以，就有了"你是我的风景"的感怀。

目 录
CONTENTS

第一辑　梦想在远方

第一辑

○ ○ ○　梦想在远方

看着眼前激情满满的杨春强，我想起两句话：翁岗寨走出创业
郎，山旮旯飞出金凤凰……

贵　州　葉

　　我一直关注著名作家叶辛老师，发现他的许多文章都与贵州有关，或回顾他在贵州的知青岁月，或记录他重访贵州的见闻。他的生活也多与贵州有关，或深入苗乡侗寨考察采风，或为贵州在各地举行的旅游文化推介活动站台。一桩桩，一件件，都透着这位老知青的贵州情怀。

　　回想起来，我与叶辛老师有过几次交集。

　　20 世纪 80 年代中期，那时叶辛已经蜚声中国文坛，在贵州省作家协会担任要职。我也正好在老家的一所师范院校就读中文系。那个年代，百废待兴，万物复苏，文学更是宠儿，作家所到之处受到热烈追捧。有一次，学校请了几位有名的作家来作讲座，其中就有叶辛老师。他以他的成名作《蹉跎岁月》为例，介绍这部小说的写作背景、人物线索，以及他想表达的主题，等等。并由此延伸，讲述了文学创作的诸多道理。给我印象最深的是，他一个上海人，却用半生不熟的贵州话来演讲。他的语速缓慢，语言朴实，还不时引用当地乡村的一些民间俗语，像他小说中的故事一样娓娓道来，让人感到非常亲切。讲座一结束，许多人围住他签名、合影。我因为离报告席较远，没有轮上提问，也没有挤得进去和他交流，空留遗憾。

　　转眼到了 1998 年左右。那时叶辛老师已经调回他的家乡——上海，我也从贵州老家来到温州工作。那年"两会"后，全国政协组团到温州考察，我所在的正泰集团是指定参观点。我在考察团的名单中看到叶辛老师的名字非常高兴。心想这下终于可以近距离接触叶辛老师，并能和他聊上几句了吧。可当委员们乘坐的大巴车在公司院子里停下，直到车上走下最后一个人，都没有看见叶老师的身影。据称是因为叶老师身体欠佳，临时取消行程，没有跟来。我当时那个失望，真是难以言表！

岁月一步不停地流走，时间不知不觉又过去 20 年。我从温州辗转上海徐家汇、松江等地办公，然后在浙江杭州安定下来。

2018 年春节前夕，确切地说是 1 月 19 日，贵阳市政府驻上海联络处副主任周敬先生打来电话告知，他们晚上邀请叶辛老师来做客，问我有没有时间过去聊聊。这当然是我求之不得的机会！

我提前下班，坐动车前往上海，早早到达联络处，和几位陆续到达的老乡一起，热切期盼叶老师的到来。傍晚 7 时左右，听说叶老师到了，一群人赶紧下楼迎接。一见面，叶老师热情地和大家打招呼，还是满口的贵州话，而且比起当年那个讲座，似乎说得更加地道，简直就是活脱脱的贵州乡音。考虑到叶老师已七十高龄，在上楼的时候，我下意识地扶了扶他，他却说："不用扶，我身体还可以，这点楼梯拦不住我！"他透露，平常上楼，只要不是太高，他都尽可能步行，很少乘电梯。

厨房做了满桌的贵州菜，每个菜都少不了辣椒。叶老师和大家一样，吃得津津有味。席间谈天说地，话题不离贵州。我专门送了两本新出的散文集给叶老师，并请他谈谈自己的创作经验。他说，其实创作没有那么多复杂的讲究，关键是你真正喜欢，然后坚持写，不停地写，写得多了，自然就明白里面的道道了。

临别的时候，大家互加微信。加到叶辛老师的时候，看到他的昵称叫"贵州葉（叶）"，我竟一下子没反应过来，看成了"贵州菜"，以为叶老师对贵州菜情有独钟，连微信都用上了这样的名称。再仔细一看，原来是"贵州叶"，取"贵州的叶辛"之意。"叶"字繁写了，乍看上去确实有点像"菜"。我这一疏忽，差点闹出了笑话。

　　由此联想到叶老师的一本书，书名就叫《叶辛的贵州》，收录的都是他描写贵州、记录贵州的文章，字里行间都是满满的情意。我这下明白了，"叶辛的贵州"也好，"贵州的叶辛"也好，都把他和贵州这个"第二故乡"紧密联系在一起。那份浓浓的情怀，由此可见一斑。

　　人们都会对自己待过的地方有所怀念，但像叶老师这样数十年如一日地怀念一个地方、关注一个地方，并且不遗余力为之书写，为其发展而奔走的，确实很少见，因而更加值得尊重。

　　作为一名贵州游子，我心中对叶辛老师怀着深深的敬意！

（2020 年 7 月 25 日）

作家的使命是"在场"

在中国当代作家中，我佩服的人不多，何建明算一个。

我佩服何建明，不是因为他位高权重，不是因为他写的作品质量有多高。高质量是肯定的，这是何建明这个层面的作家应有的水准。我佩服的是他在著作等身、荣誉等身、功成名就之后，依然只争朝夕、笔耕不辍的那份"狠劲"。

我与何建明相识已有些年份。21世纪初的几年中，我有幸参加中国报告文学学会主办的相关活动，何建明几乎每次都在。但多数时候他不是以领导身份出席，而是作为报告文学大赛获奖作者到会的，有时还作为获奖代表上台发言。我作为听众，当时他讲什么我已记不太清。但他的名字，我是牢牢记住了。由于我也喜欢报告文学的原因，关注报告文学作家作品相对多些，无论在网上搜索还是在书店浏览，"何建明著"出现的频率是最高的，因而也是我阅读最多的。但因活动现场人多，我的行程又总是来去匆匆，与他仅是点头之交，并未建立深度联系。

直到几年前，何建明作为中国作家协会副主席、书记处书记和中国报告文学学会会长，受浙江省有关部门邀请到杭州做解读十九大精神的讲座。经时任红旗出版社总编辑徐澜女士安排，我得以和他近距离接触、面对面交流。那次他送了我一本新书《那山，那水》，还互加了微信。后来我的散文集《一路上都是故事》出版，贸然请他作序。本以为没什么希望，也只是碰碰运气。像他那么大的领导，又有那么多作品忙着去写，哪有精力理会我这么一个普通作者呢？

没想到他竟答应了，而且很爽快！

他在看过我的书稿后，很快写来了序，前后不过一星期的时间。他在序中肯定了我这本书中的作品，称之"'走'的味道饱含深意"。他勉励我充分利用自己喜欢的散文、报告文学等文体，讲"自己的故事"，讲"中国的故事"，讲"正能量的故事"，的确让我受益匪浅。

加了微信，也就有了更多的关注。我从朋友圈看到，何建明始终马不停蹄奔跑在各种现场，不断有新书推出，而且每一部都很火爆。在我们这样大的国度里，喜事连绵不断，灾难也层出不穷。报告文学作家的使命，就是要及时捕捉线索，还原事件现场，揭示事件真相，引导正确舆论，引发民众思考，凝聚向上、向善的力量。于是，我看到，在这些大事件发生的时候，何建明都力争"在场"。在三峡工程的世纪大移民中，他"在场"；2003年的"非典"防疫战中，他"在场"；2008年的"5·12"汶川大地震中，他"在场"；震惊国民的天津大爆炸中，他"在场"；在叙利亚中国大撤侨中，他"在场"；牵动世人的中国脱贫攻坚战，他也"在场"；甚至连过去70多年的南京大屠杀，他也通过查阅尘封的资料，采访灾难的幸存者，写出了颇具"在场感"的《南京大屠杀全纪录》。

让我感触最深的是，2020年初新冠肺炎疫情暴发后，何建明敏感地意识到，这又将是一场惊心动魄的全民"战疫"。本来要到浙江公干的他意外地滞留上海，以作家的方式投入这场战斗。就在我和大多数市民一样，待在家中无所适从的时候，何建明每天穿行在上海的大街小巷，采访、写作、再采访、再写作……仅仅5个月，他就写出《第一时间》《上海表情》两部几十万字的书籍，成为第一时间记录这场不同寻常的"战疫"的代表作品。

也许有人会说，何建明身居高位，又是著名作家，拥有得天独厚的资源，他的书当然容易出版了。不可否认，这有一定的道理。但前提是，你得拿出作品来。像何建明那样，5个月写出两本书的，不说绝无仅有，起码也是世所罕见吧。更何况，1956年出生的他，已是60多岁的老人！

何建明有过十多年的军旅生涯，军人的姿态是"生命不息，冲锋不止"。我相信，他在文学道路上不知疲倦的奋战正是这种精神在一位"老兵"身上的闪现。

（2021年4月27日）

转角遇见孔祥东

　　这天上午，我在温州南怀瑾书院参加完在这里举行的首届国际工业与能源物联网创新发展大会系列活动之一的"温商文化论坛"。正要离开的时候，在一个转角的地方遇见了前来书院参观的著名钢琴表演艺术家孔祥东先生。他也是应邀出席这次盛会的，在头天晚上的欢迎仪式上，他的一曲《黄河》协奏曲让整个活动的开场熠熠生辉。

　　孔先生是性情中人。因为正值教师节，又刚从南师书院出来，共进午餐的时候，他显得十分兴奋。他即兴创作了一首小诗，并以唱的方式声情并茂地分享给大家："教师节日中，南书院青葱。缘分天注定，乐声禅意浓。"还落款：祥云东人。

　　我受孔先生的"唯音乐与爱意不可辜负"感染，说起自己的一段往事。小时候，我看见别人吹笛子，感觉非常好听，也想学。但没老师指点，也买不起几毛钱一支的笛子。就砍来同样大小的楠竹，把铁丝烧红后，照着笛子的模样烙上几个孔，自己反复琢磨。结果吹起来有声无调、有调无韵，笛子终未学成，引为遗憾。

　　没想到，我的讲述也引出了孔先生对他初学钢琴的深情回忆。

　　他说，从小妈妈就让他弹钢琴，但他并不知道钢琴为何物。因为家庭条件不好，妈妈用硬纸板给他画了一个和钢琴一样的键盘，手把手教他弹奏，每弹一个键，就唱出一个音符。久而久之，他竟有了很强的乐感，并爱上了钢琴。妈妈也意识到，应该让他接触真正的钢琴了。于是，就以借用的方式满足他的愿望。因为怕打扰人家，每次只借半小时，弹完即走。这样的状态，持续了好几年。

到了他七岁那年，通过多方联络，一位老奶奶终于答应以 800 元的价格卖给他一架旧钢琴，条件是让他当面弹一下，看看他有没有这方面的天赋，会不会辜负了她的一番好意。妈妈东拼西凑了 800 元，去搬钢琴的时候，发现老奶奶抚摸着钢琴，一脸的不舍。妈妈感同身受，想多付给老人一点钱作为补偿。同去的几位亲戚把身上所有的钱搜出来也只有 60 元，就这样，一共给了老奶奶 860 元。

自此，孔祥东有了属于自己的第一架钢琴。

…………

他的这段经历，还被人加工提炼，拍成了微电影，非常励志。

"在我看来，客观条件并不重要。最关键的，是自己要不要，如果要，无所不能！"孔祥东说。

他的故事，以及他的一番话，让我深深触动！

（2019 年 9 月 10 日）

"男神"在眼前

一

无意间看了一个预告，欣欣然听了一场讲座。

那预告说，有位来自台湾的神人，自小处在一个弱势家庭，没有任何过硬背景，但他怀揣梦想、自立自强，从一份小杂志的记者起步，逐渐成长为流行音乐界的营销高手，许多在国内外耳熟能详的歌手都是由他一手策划包装成名的。

他经历多家单位的历练后，26岁创立了自己的音乐公司（种子音乐公司），致力于发掘艺人的独特气质，不但让当红的更亮眼，更将一些看似难有成就的歌手雕琢成巨星。比如张信哲、许茹芸、黄莺莺、张清芳、林忆莲、吴克群等。这些明星都曾有过"不被看好"的过去，如18个月付不出房租的吴克群、一开始并不受乐坛肯定的温岚，还有张信哲当年差点走不出当兵魔咒，他们居然都是在他的重新定位之后，得到了成功翻转。

不仅是在音乐圈内，他还将在影视界籍籍无名的郭书瑶，打造成为电影金马奖最佳新演员。

而在其娱乐事业如日中天的时候，他又突然"转身"，成为一名有影响力的摄影家和畅销书作家。

这位神人将于某月某日携新书《人生岂能辜负——翻转命运的

66 个关键词》到某地演讲，讲述新作背后的故事。

　　"从前途黯淡的职高生一路拼搏，成为巨星背后的教父与推手，从生活难以为继的谷底绝地反击，再次站上商界的成功巅峰！"

　　充满诱惑的广告语，让人不忍错过。

二

　　主办单位的宣传是成功的，在上海松江图书馆举行的讲座，听众爆满。除了松江本地的中小学生及家长，好些听众还是从市区赶来的。

　　我挑了个第三排的位置坐下，为的是看得清楚、听得明白。

　　为他的新书作推广，是这次演讲的由头，书中透露的大量人生经历则是他这次演讲的"主线"。在主讲人出场之前，他的助理给观众播放了他的一些工作、生活画面，激起听众的兴趣。待"预热"恰到"火候"的时候，他款款出场，引来无尽的掌声。

　　高高的个子、挺拔的鼻梁、时尚的衣着、奔放的姿态，帅气、阳光、有活力，颇有点传说中的"男神"形象。

　　他在演讲中娓娓道来：他出生在一个贫寒的家庭，父亲性格暴烈，常常打骂母亲，最后母亲不得不离婚，带着他们兄弟艰难生活。为解决生计问题，初中毕业他报考了职业高中，学习机械制造，然后到工厂打工。目睹过其他工人被机器轧断手指的伤痛，忍受着满身油污的恶劣环境，他常想：这就是自己的人生吗？然后自我否定。他从小热爱音乐，他认定自己的事业和梦想就是要做一个音乐人。但他一个职高生，如何敲开音乐的大门？他利用工余时间听遍当时台湾出名歌手的歌，试着写下了许多富有见地的乐评。但他拿着这些作品上专业音乐机构应聘，每次都是失败而归。

　　某天，他偶然看到一家杂志社招聘娱乐记者，他鼓起勇气上门应聘。"这家杂志社很小，小到什么程度呢？出来给我开门的竟然是社长。社长亲自开门，可见这个杂志社有多小！"他说。

当社长听说他不是大学毕业，而是职高毕业，而且学的是机械专业时，露出很失望的表情。他央求社长，别急着赶他走，看看他写的乐评再说。社长看了看，随手放在桌上，甩出一句："你去采访陈淑华吧！"陈淑华？他一时张口结舌。陈淑华是华语歌坛炙手可热的"天后"啊！别说是他们这样不出名的小杂志，就是一些名报名刊也不一定采访得到她。

他想，社长指派他去采访陈淑华，要么就是看了他的乐评，觉得他有能力胜任，要么就是想借这项棘手的任务测试他的能耐，他得紧紧抓住这次机会。

初出茅庐的他壮着胆子给陈淑华所在的滚石唱片公司打电话，说明来意，对方答应把电话转到公司宣传部门，接着电话里便传来一阵"嘟、嘟、嘟"的声音。他不甘心，再拨，这回总算是转到了宣传部，一个小姑娘接起电话，刚听完他自报家门，对方随即挂断了电话。电话这头，他好一阵失落。

但他不死心，不愿就此放弃。

当时是 1986 年。他辗转打听到，为配合台北圆山动物园搬迁，滚石唱片将举办《快乐天堂》跨年音乐会，音乐会的前几天都会彩排，没准陈淑华也会到场呢。他决定碰碰运气。

到了现场，果然看见了陈淑华。她静静地坐在一角，身边没有一个人。他大胆走过去，紧张地递上自己的名片，怯怯地说出一句："淑华姐，我听过你的每一首歌，像是……"

没想到，这句出自"菜鸟"的开场白竟然引起了陈淑华的兴趣，欣然接受了他的采访。末了，还把她家里的电话号码给了他。

他把写好的稿子交到社长手里，社长非常惊讶。"你真的采访到了陈淑华？怎么办到的啊？"社长以为他根本没采访到陈淑华，是根据媒体上的各种资料拼接而成的文章。于是再给他一个任务："能不能再请她出来拍个杂志封面？"

他硬着头皮给陈淑华打电话，没想到陈又爽快答应了，到指定地点拍了照片，而且是自己来的，滚石公司没有人跟来。

报道一出来，这家杂志一时名声大振，滚石公司也大吃一惊，打电话询问究竟，并把他"不守规矩"的行为批评了一通。滚石公司还约他和杂志社社长吃饭，很显然这是"问罪饭"。席间，他诚恳地说："对不起，我真的不懂，请再给我一次机会，以后我就知道该怎么做了。"

没想到，这一认错，给他赢来了大把的机会。他在这家名叫《自由谈》的杂志干了一段时间后，跳槽到《翡翠》杂志，此间他多次提出采访滚石的歌手，滚石公司不但不刁难，反而给了他很多便利。以致某一天，他径直敲开滚石的大门，成为该公司宣传部门的一员。

而据他说，在他后来的事业中，陈淑华一直关心爱护他，在许多关键时刻都向他伸出了援助之手，他是把她当贵人，一辈子感恩的。

贵人真的好重要，可惜不是谁都能遇到的。

三

在他的职场经历中，有些是和我相似的，比如在媒体工作，比如在企业做宣传。相同的是，都要精心策划，认真组织，勤奋写作。不同的是，他在唱片公司做宣传，需要针对不同的歌手、不同的活动，写出不同的"软文"。而且他是把宣传工作当过渡，为的是接近音乐圈，最后转向真正的"音乐圈"。而我在制造企业做宣传，是要根据公司的品牌定位，持续地塑造好企业家和企业的形象，使公众形成对企业及企业家的持久认同，促进企业良性发展。而且我是"一条道走到黑"，在一家企业一干二十多年未挪窝。仅仅从宣传业务上讲，他能给我的启发是他的钻劲、韧劲，一些稿子发出去，见报版位、篇幅不理想，他是很会较真的，而我们更多是期望下一次的"弥补"，不给媒体和记者太多的压力。

同是宣传工作，很多理念应该是相通的。如果我们有机会交流，或许会擦出一些"火花"来。

在他策划推出的众多明星中，他和张信哲的关系是绕不开的话题。张信哲读书的时候已崭露头角，被称"校园情人"。当兵两年退役后，一时找不到新的定位，遇上了业界流行的"当兵魔咒"，市场已经变化，当年的"张迷"已经长大，他仍沿袭过去的套路，推出一张专辑，结果反应平淡，销量寥寥，前程黯淡。前路迷茫的张信哲找到他，恳求道："你可不可以帮帮我？"他应承下来，为张信哲重新定位包装，凭一首主打歌曲《爱如潮水》重登歌坛，树立起一个忧郁的"情歌王子"形象，并受到世人的推崇。

某种程度上讲，是他"拯救"了张信哲，算得上是张信哲的贵人。但成名之后的张信哲，想挖他的公司自然很多。当他听说张信哲想跳槽后，他的想法是，人往高处走，如果有更适合阿哲发展的机会和平台，应该让他走，不要限制他。因为张信哲与他的唱片公司合约期还有八个月，怕张不好意思提出来，他提前寄去了存证信函，表示阿哲可以随时离开公司，不受合约约束。此举虽让张信哲产生误会，以为他是下"逐客令"，让昔日相交默契的两个好朋友反目，形同陌路。但了解他真实意图的人，无不感佩他的良苦用心。

这启发人们思考一个问题：如果你培养、提携了一个人，某一天他成才了，想"飞"了，你是死死将其留在身边接受你的调遣，还是慷慨"放手"，给他一片更广阔的天地？

我想，我们该有他的胸怀。

四

他的"翻转命运的 66 个关键词"，个个都很精辟，个个都值得学习。

但概括他的成功，最关键的不外乎"放弃"和"选择"两个词。

为早日解决生计问题，放弃按部就班地读完初中读高中、读完高中读大学的路径，他不得不选择就读职高，学一门养家糊口的技艺；为接触娱乐界人士，他放弃在工厂打工的机会，选择先到一个不出名的杂志社当记者，不断积累人脉，创造转型条件；为接近自己的音乐梦想，他放弃杂志社待遇不低的工作，选择到唱片公司做宣传，以便就近接触明星、接触音乐；为有机会参与唱片制作、推广，他放弃在大公司做宣传的职位，选择到一家规模不大但能让他独当一面的唱片公司工作；为创造一份属于自己的事业，他放弃在别的公司不菲的薪水和得之不易的职位，选择自主创业，成立了自己的唱片公司；为实现心灵的自由，激励更多的年轻人实现梦想，他放弃自己的公司（似乎是授权别人管理），选择做一个专业的摄影者、写作者，先后出版了包括《人生岂能辜负》在内的一系列畅销书，并成为一个到处被邀请去演讲的"布道者"。

人生的精彩与无奈，全在这艰难取舍之间。

五

讲座持续两个小时，说者神采飞扬，听者全神贯注。

许多妙语言犹在耳："人生要有梦想，有了梦想就要去付出。"

"想到了就要去做，有的事现在不去做就可能没有机会了。"

"态度胜过任何能力，态度好，职场成绩单就是一百分。"

"人生不可能都是一帆风顺的，面对人生的低谷和困境时，你可以做些什么？"

"生命的光彩，在逆境中才能绽放！"

…………

沿梦想前行，从低谷处奋起，在华丽处转身。

这个"男神"，叫田定丰！

（2016 年 6 月 13 日）

"阿郎"蜕变记

2019年8月19日，北京，燕山体育馆。

令武术界瞩目的2019年武魂武道（北京）第二届非物质文化遗产武术邀请赛在这里隆重举行，精彩的角逐，扣人心弦。

在有近百名国内外太极高手参与的赛事中，一位来自浙江杭州的贵州籍选手力克群雄，一举拿下80公斤级活步推手项目冠军，在同道中传为佳话。

他叫肖时均。

作为浙江省贵州商会监事长、浙江威盾保安服务有限公司董事长，他行事低调，除了知道他是一位创业有成的企业家外，很少有人了解他在武术上的修为与建树。这次夺冠，让他声名在外，他的经历也成为一段最励志的故事。

一

肖时均曾经有个外号叫"阿郎"，是"阿浪"的谐音，其实就是流浪汉的意思。

他出生于贵州省遵义县南白镇（现为遵义市播州区）的一个偏僻山村，村名本叫火车站村，但由于山高坡陡，古树繁茂，当地人更喜欢叫"老木顶村"。肖时均在四兄妹中排行老幺，饭量却很大，总是吃不饱。他上小学、中学，要翻过两座山，还要走一个小时的路才到学校，辛苦自不必说，重要的是整个村子里都没有读书风气，他也没有心思读下去。

15岁那年，他找亲戚借来200元钱，买了张车票，一路向东，到了广州，然后辗转深圳、福建等地。渴了，捧一把自来水喝；饿了，吃别人剩下的食物；公园里的长凳，常常让他半夜冷醒。"阿浪"的称呼由此而来，久而久之则演变成了"阿郎"。

阿郎第一次走出山门，由于没学历没技能，始终找不到接纳的地方，只得打道回府。回来后，他报读了高中，后来又进了一所成人高校的中专班。但因家庭贫困，他又生性好动，始终不能安心读书，用他的说法，"没学到多少东西！"

几年之中，两个哥哥先后成家，姐姐也嫁了人。父母看他成天晃晃荡荡不是个事，凑了5000元，打算给他娶个媳妇，拴住他的心，父母也算完成了任务。肖时均拿着5000元，却没找对象结婚的念头，买了一辆三轮车跑生意。但因当地经济落后，踩三轮车也赚不到什么钱。他把三轮车卖掉，考了个驾照，又开始第二次"流浪"。

这次流浪，他并未走远。大概就在黔北的某个地方，他遇到一个开煤窑的外地老板，收留了他，一天给他10元工钱，供吃住。但没过多久出了事。煤窑发生瓦斯爆炸，老板的儿子也被困在里面，老板要进去救。肖时均拦住老板说："谢谢您给了我一碗饭吃，现在是该我报恩的时候了！"说罢，就往煤窑里钻。

窑里无灯，他用绳子套住一个箩筐，让外面的人握着绳子，他则抓着箩筐摸黑爬了20来米，伸手触到老板的儿子，使劲把他装进箩筐，外面的人则拼命往外拉。老板儿子拉出来后还有气息，赶紧送到医院抢救。但因时间太久，最终没有救活。而他，因为用力过猛，煤气太重，筋疲力尽，倒在了煤窑里。不知在里面躺了多久，外面的人找来鼓风机，把风吹进煤窑，然后把他和另外五位矿工拉了出来，放在一堆稻草上。

当夜十一二点钟，他渐渐醒来，一摸旁边全是尸体。四周已无人影，只有附近一间老板办公的小屋灯还亮着。他坐起来，慢慢回忆起白天发生的事情，不禁惊出一身冷汗。

过了一会，小屋里有人走了出来，发现他愣愣地坐着，吓了一跳，直问："你是人还是鬼啊?"

这次大难不死，他像没事似的，继续在这干着。煤窑周边环境嘈杂，各种捣乱时有发生，每一次他都挺身而出，维护老板的利益。有一次他被上门肇事者暴打一顿，头上还挨了一刀，幸亏抢救及时才没丢命，刀印残留至今。

也许是老板死了儿子很伤心，也许老板觉得给了他一碗饭吃，他做什么都是应该的。工资不涨一分，更无特殊关照。待了大半年，肖时均觉得没趣，决意离开。

这一走，开启了他的人生新篇。

二

从煤窑出来，肖时均不甘心待在老家，决心继续流浪。

听说浙江嘉兴有个亲戚，他带了 50 元钱，直奔嘉兴而来。但到了嘉兴，并没给他带来好运。尽管亲戚对他很好，但他始终找不到理想的工作，回老家又不甘心。都说"上有天堂，下有苏杭"，离杭州不远了，就想到杭州看看。走出杭州火车站，一摸身上，只剩下 8 元钱，眼看吃饭无着，面临挨饿绝境。他喜欢抽烟，但平时抽的都是劣质烟。听人说最好的香烟叫"箭牌"，他想，哪怕要死，死之前能够尝尝这烟是啥味道，死了也不后悔。于是，花 7 元钱买了一包箭牌香烟。

饱抽一顿后，他开始在火车站一带溜达。心想，既然都来到杭州了，不如就体验一次坐公交车的感觉。于是，他随便上了一辆公交车，把仅剩的 1 元钱投了进去，在一个叫塘西（音）的终点站下来，漫无目的地游荡。

游着荡着，不经意间看到一个豆腐坊，其实就是做豆腐香干的家庭作坊。

他出神地观看，久久不愿离开。

"你是不是要找工作？"店主人问。

他这才回过神来。"是呀，我想找工作，可我不会做啊！"

店主人说没关系，这很简单，学学就会。

没想到，他就这样找到了在杭州的第一份工作。虽然也只是200元一个月，但不用担心饿死了，还是蛮开心的。他带着感恩的心态上岗，自己有的是力气，每天挑七八担水，把一个大水缸装满。豆腐香干做好后，他又负责给客户送货，起早摸黑的干得很起劲。

但他在这家豆腐坊还是没干多久，大概两个月就失业了。然后重操旧业，踩三轮车。过了一阵子，城西的大街小巷都混熟了。他发现收旧手机卖来钱快，于是果断"改行"，走街串巷到处收购旧手机，擦擦干净，摆了个地摊销售，第一个月居然赚了6600元，这对他来说可是一笔"巨款"，让他喜出望外。

他感觉靠自己一个人又收又卖忙不过来，于是找到刚刚分手的女朋友，想请她来帮忙。前女友在一家小店打工，每月600元的工资。他给她描绘了旧手机的市场前景，保证每月给她的收入不少于600元，卖多了还给她10%的提成。因为有钱赚，前女友也顾不得多想就答应了。这样，前女友负责销售，他负责收货。一位熟悉的朋友送给他一辆旧摩托车，这使他的效率大为提高。两人"搭档"一个月，收入突破1万元，以后每个月都不低于1万元。于是，他们告别摆地摊的日子，到城东旧货市场租了一个柜台开始"规范经营"。两人的关系也重回正轨，后来成了"一家人"。

说起来也是肖时均人缘好，到哪儿都有人肯帮忙。不光有人送他摩托车，还有人不图回报地帮他度过最初的艰难。那是一位做服装生意的朋友，是他在豆腐坊打工期间认识的。人家看他为人实诚，就让他没事的时候到店里帮忙，每月给他 1000 元的工资，直到他能自立为止。

这位朋友大名叫陈志力，年长几岁，肖时均称他"大哥"。

大哥对他说："有事你只管去做你的，没事你就过来帮忙！"

肖时均明白，大哥是想帮他，但怕他难为情，所以用这样的方式，既保全他的面子，又解了他的燃眉之急。

他乡遇"贵人"，肖时均非常感激，同时在为人处世上自觉向大哥看齐。前面说过，肖时均喜欢抽烟，哪怕要饿死，也要过过烟瘾。但认识大哥后，他发现大哥不抽烟，而且不喜欢烟味，于是下决心戒烟。从那以后，他没再吸过一口烟。

肖时均做旧手机的生意非常顺利，日积月累的，也赚了几十万元。在杭州买了房，落了户。但他敏锐地意识到，随着手机技术迭代加快和消费者经济条件的改善，"喜新厌旧"的消费理念必然成为主流，旧手机的买卖将越来越没有市场。况且，这种没有技术含量的工作，也只是他改善生活的权宜之计，从来都不是他心目中的"事业"。

于是，他又一次"转行"，像他尊敬的大哥一样，开起了服装贸易公司。服装公司走入正轨后，又和朋友合伙创办了一家金融投资公司。

金融投资公司这种"钱生钱"的生意，的确给他带来了不少收益。但他没在这条路上走下去，他说这里面水太深，有很多陷阱，而他天性善良，不愿坑人骗人，这就注定了他很难玩转这一行。干了几年之后，他就把公司注销了。

而在这期间，他的人生又有了新的转折。

三

肖时均从小喜欢武术，读书不认真，却很迷恋金庸的武侠小说。

他照着金庸小说中的人物，自己做了沙包，没事就在那拳打脚踢。还经常在腿上绑上两块砖练"轻功"。结果有一次开玩笑，不小心打伤了一位表哥，令表哥躺了一个月才好。父母把他的沙包没收了，不让他"瞎闹"。他就跑到山上偷偷地练，久而久之，虽没学会什么武功，但练就了一副健康的体魄。

他是20岁到杭州的。27岁那年，他已在杭州立足，生存已不是大问题，便想着圆梦，圆小时候的武术梦，尤其是想学太极拳。有人告诉他，杭州练太极拳的人大多集中在城隍山，要拜师就到那儿去。在城隍山上，他先后遇上几位师父，分别教他太极推手、太极拳套路。他很好学，进步很快。尤其是在推手方面，一般人都玩不过他。但他发现，他越往深处练，就感到膝盖很痛，问师父也解决不了。他想，每一个套路后面，肯定都有它的原理，只有掌握了原理，才能练得顺畅，最终学以致用。于是，他遍访名家，到过陈家沟、武当山等地，并在这个过程中接触了陈氏太极拳、三丰太极拳等，但始终没有找到自己的突破口，进一步提高遇到了瓶颈。

回到杭州后，有一天他去收房租，一个租他房子卖衣服的女士对他说："房东，我看你很喜欢打太极，我们对面有个人太极打得很好的，你要不要跟他交流一下呀！"这让他喜不自禁。

第二天一早，这位女士便陪着他找到了她说的太极高手。这人姓贾，他们一起到了山上。他先练了一下，姓贾的连正眼都不看他，嫌他打得太臭了。然后，对方表演了一套拳术，他却看得入迷，觉得太厉害了，就问这是什么拳路，对方告诉他这叫"经梧太极"。两人熟识以后，竟然成了朋友。他跟这位朋友学习了几天，对方对他说，"十一"长假期间，他的师父要召集他们师兄弟到石家庄集训，要不要跟着去看看。肖时均心想，徒弟都这么厉害，师父肯定更不得了，就答应一起去见识一下。

在石家庄，肖时均结识了经梧太极传人闫芳，并正式拜她为师。在闫芳师父的悉心指导下，他的拳技大为精进。这样的日子过了一年左右，师父又带着他们到北京"游学"，和北京一些有名的太极场馆同人们切磋技艺、交流经验。

北京之行，让肖时均大开眼界，对学习太极也更有信心。他牢记师父的教导，每天坚持练、"听话练"。同时他又结缘素有"太极推手王"之称的严氏武道创始人严国兴，在其指导下潜心学习实战太极推手等传统武学，结合闫师父教给的功法，使所学各种技能融会贯通。

原本只想有份业余爱好，没想到这一爱好，使他成功"跨界"，成为一位"武林高手"。2017 年，肖时均在北戴河太极拳大赛中崭露头角，击败众多专业选手，获太极拳套路项目比赛冠军。而后又在 2019 年杭州市十四届传统武术邀请赛中获推手 80—85 公斤级冠军。

这次在北京夺冠，又把肖时均在太极领域的修炼推上一个"高峰"。

四

在武术修炼步步精进的同时，他的事业也没落下。

2014 年，经浙江省公安厅批准，他创办了浙江威盾保安服务有限公司，致力于为机关、企事业单位，提供人防、物防、技防等一站式安保服务和物业管理服务、消防器材、安保设施安装与维护等。短短几年间，公司成长为一家专业化、特色化、人性化的安保综合服务机构，并在浙江宁波和湖州、贵州遵义开了 3 家分公司。由他们负责安保的"2016WBA 世界拳王争霸赛""2016 得力集团全球经销商大会""2017 苹果'红色星期五'（万象城旗舰店）促销活动"等，受到服务单位的一致好评。

与此同时，他在酒店、房产方面的投资也斩获颇丰。

他的儿子受他影响，从小爱好武术，曾在浙江省内一次散打比赛中获得亚军。从杭州师范大学体育专业毕业后进入企业，渐渐成为他在经营上的得力帮手。

我问他："经营企业与学习太极之间如何平衡？"

他的回答，两个字：分享。

他把利益分享给别人，让专业人才帮助他一起打理公司，使他得以腾出更多精力，思考和把握公司发展的方向，同时保证太极学习的时间。现在有儿子帮忙了，而且儿子本身很热爱安保行业，干得很上心，自己更放心了。

分享之外，肖时均特别强调修身。

他所说的修身，有内修、外修之别。内修，主要是修学识、修心态。他引用师父的话说："你问我要杯水喝，你的杯子应该比我的水壶低，我才能倒进你的杯子里！"以此说明学习任何东西，心态很重要。只有谦逊好学，而且孜孜不倦，才能学有所成。这些年，他通过网络远程学习，拿到了工商管理大专学历。通过潜心阅读《清静经》等，让自己一度浮躁的心态平静下来。外修，则主要是练体，通过学习太极，强身健体。而且除了太极，他还坚持修炼一些道家功法，如站桩、八段锦等。以此达到"心有静""体有劲"，无论遇到多大困难都能泰然处之。

"你觉得经商和练武之间有什么相通之处？"我进一步追问。

他想了想，"不怕苦"！

他解释说，市场变幻莫测，竞争又很激烈，要想把企业办好，必须有一种不怕苦的精神。一次次跌倒，一次次爬起来，百折不挠才能成功。练武同样如此，都说"练拳不练功，到头一场空"，套路是容易学会的，但如果不下苦功练习，最终就只剩花架子，没有什么用。所以，他从开始学习武术起，每天不管怎么忙都要保证两小时的练功时间，多的时候每天练8小时。他自嘲，有点"走火入魔"的感觉。

肖时均认为，练拳也不仅是练拳那么简单，也是在磨炼人的意志、智慧。如师父说："人练拳练出健康体魄，拳炼人炼出智慧人生。"

这一"练"一"炼"之间蕴含许多人生真谛。

他由此引申："大家都在说贵商精神，我觉得不管怎么表述，贵商精神最基本的就是不怕苦的精神。我们贵州人，大多数起点很低，家庭条件很差，只有不怕吃苦，才能改变命运，才能受人尊重！"

行走在商业与太极之间，肖时均游刃有余！

（2019 年 9 月 16 日）

梦想在远方

一

如果不是在浙江省贵州商会的一次会议上遇到杨春强，我压根不知道地球上有"翁岗"这个地名。现在不但知道，还知道离我老家很近。我出生在贵州省罗甸县边阳镇，翁岗便是邻县平塘通州镇一个布依、苗、汉民族杂居的山寨，相距不过几十公里。

他乡遇老乡，有点相见恨晚的感觉，于是便聊了许多。杨春强说，翁岗虽是穷山村，但环境优美，空气新鲜。他在那里度过了他的童年、少年。那时父亲在外面做点小生意，家里的条件还算过得去，他自然属于"少年不识愁滋味"那一类。

突然有一天，正读初中的他放学回到家里，看到母亲满脸愁云。还有人拿着法院的传票叫喊他父亲的名字，说还不上钱，上面就要来拆房子了。原来，由于被人下套，他父亲生意做亏了，还欠下十多万元的债务。十多万的债务对一个农村家庭来说不是小事，父亲不回家，母亲急得团团转，没人管他的学习，他也就没有心思读下去了。

听说很多老乡在浙江义乌打工，17 岁的他也跃跃欲试，想出来淘金。他找了五个人借了 105 元，莽莽撞撞奔义乌而来。那是他第一次离开家，而且一出门便是跨县跨省远走他乡，心中的那份孤独与愁绪可想而知。在义乌做了几天临时工后，打听到桐庐县有本村老乡，便又奔桐庐而去。他在桐庐的第一份工作是在建筑工地上做小工，8毛钱一小时，每天8元钱，但由于身体瘦小，实在推不动砂灰车，干了20天就被炒了鱿鱼。于是找了第二份工作，在一个五金厂生产火车上用的小配件，月工资500—800元。在这里一干近两年，由于厂房搬迁，生意一下子暗淡下来，做一天要休息两三天，他们拿的是计件工资，没活干就没收入，心里直发慌。

有一天，他和同村来的一位姓陈的伙伴出去玩，看到有家箱包厂在招工，便想去碰碰运气。工厂设在一栋大楼里，登上5楼，陈说，我们一定要进这个厂，这里环境太好了，风吹过来凉快得很！伙伴这么一说，也激发了他的兴趣。他们俩冒冒失失地闯进老板办公室，说明来意，老板问他们会不会做，两人摇摇头说不会，老板当即说："不要不要！"下了逐客令。

两人悻悻地退出办公室，意外地发现老板正抽着"阿诗玛"牌子的香烟。他俩兴高采烈地来到附近一家小店，掏出他们当天准备用来吃饭的10元钱买了一包"阿诗玛"重返老板办公室。可当他们递上香烟，老板却连连摆手，"我不会抽！"又一次将他们打发出来。

两人不甘心，一直在楼梯边等着，不时探头探脑地看看老板办公室。等到中午饭的时候，人走光了，他俩又去找到老板。老板有些吃惊地问："你们怎么还不走？"

两人异口同声道："你不收下我们，我们就不走了！"

也许是被他们的诚心打动，也许是厂里急需用人，老板笑了笑说："你们下午来吧，但我只能给你们两天试用时间，如果学不会，就给我滚蛋！"

就这样，他们如愿进了箱包厂。

两人吃苦耐劳，经常主动加班加点，一年下来，他俩的业绩名列前茅，他们有成就感，老板也很开心。

二

春节过后，姓陈的伙伴因为定亲留在了家乡，杨春强继续回到工厂上班，被聘为质检部经理，有空的时候常和老板一起出差，增加了不少见识，工资也涨到了每月4000—5000元，人生中第一次有了存款，说不尽的欢喜。

快到年底的时候，一位亲戚从广东过来，问他想不想到北京玩。北京是祖国的首都，他从小就向往，有人邀约同去，自然满心欢喜。走在北京的大街小巷，满眼都是好奇。可一趟玩下来，他的积蓄被花了个精光。回家过了年后，又一次借钱出门。

可好景不长。在箱包厂干了4个月左右，工厂被俄罗斯一位客商骗走了3个集装箱价值200多万元的货。老板破产，他也成了无业游民。他先在桐庐职高的校办工厂里谋了一份差事，然后又去拜师学裁缝。因为学徒没有工钱，他便白天学裁缝，晚上踩人力三轮车，一天能赚个几十元钱。虽然辛苦，但也乐在其中。最重要的是，在这期间，他收获了自己的爱情，他流浪的心找到了归宿。

学裁缝的目的是想开裁缝店，但现实让他望而却步。一位桐庐籍的裁缝师傅在杭州经营多年又回到桐庐，杨春强本想去拜他为师，但这位师傅说，他之所以回到桐庐，是因为大城市里做衣服都是在工厂流水线上批量完成，单家独户的裁缝店已没什么生意，只好打道回府。一筹莫展之际，原来那家箱包厂的老板找到杨春强，请他代表厂方到贵州处理一批客户抵债来的上万件衣服。他欣然接受，并让女朋友同行。在贵州一年中，他们结了婚，有了孩子，同时帮老板卖掉了两个集装箱的产品。老板打算在贵阳开一家鳄鱼专卖店，让他负责，并给他留下了45万的启动资金。但他左思右想，觉得自己没经验，怕做亏了不好交代，谢绝了老板的好意。

他和太太回到桐庐，没去原来的工厂，而是进了一家服装厂当车间主任。

三

在桐庐的几年历练，杨春强逐渐成为能够独当一面的职场人士。随着阅历的增加和视野的开阔，他已不满足于在一个小圈子里小打小闹。他最向往杭州，那是他印象中环境最美、最干净、治安也最好的地方，听说小偷到了杭州城外都不敢进去，能在这样的地方生活是件多么美好的事情。而且杭州离桐庐比较近，太太也希望他能出人头地，他想到杭州发展，太太自然很支持。

于是，1999 年 10 月，他请了一个星期的假，带着 2000 元到了杭州，钱花光了也没找到工作。回到桐庐继续上了一个月的班，但心早已飞走。到年底，他索性辞职，只带了 500 元再闯杭州。这次他是抱定破釜沉舟的决心来的，工种不挑不拣，先找一份保安工作做起来，并主动申请上夜班，白天有空就到处转悠，熟悉杭州的公交线路，寻找新的机会。一周以后，他就开始天天出去面试销售工作，两个月跑了三四十家公司，都没成功。但他不气馁、不放弃，终于应聘到了广东一家生产纽扣公司的驻杭州办事处。底薪虽不高，但总算有了落脚地，有了自己喜欢的工作，心里也定了下来。这年春节过后，太太也来到杭州，找了家服装厂上班，这就算开始了他们一家人在杭州的生活。

杨春强坦言，他当时并不懂销售，就是喜欢。因为这份喜欢，使他学起来上手很快。经理带着他跑了半个月，他就开始独立开展业务，当年就做了 168 万元的业绩，提成加年终奖拿了 3.9 万元。

别看这不起眼的 3.9 万元，却大大地激发了他的雄心壮志。他先是让太太辞职，和从老家来投奔他的弟弟开办了石膏线店，接着办起了服装辅料厂，随后发展为杭州禹辰进出口有限公司。2006 年，漂泊多年的他在杭州除了拥有自己的写字楼，还买了房、车，初步感受到财富自由的惬意。

四

正应了那句"福无双至，祸不单行"的老话，他在这时被查出有慢性肾炎，然后开始了漫漫求医路，南京、上海、北京、重庆等地，都留下了他的足迹。

2007 年，他的公司年产值首次跃上 1600 万元，出现了创业史上的一个小高峰。2008 年爆发的全球金融危机导致他们损失 200 多万元。2010 年，应一位同学邀请，一起投资了一家印刷厂，可正当他躺在病床上透析的时候，这位同学却在赌场上输个精光，他投进去的几十万全打了水漂。

连番打击让他心灰意冷，"想死的心都有"。幸亏有个明事理、有担当的妻子。在他治病休养期间，妻子在照顾好他的同时，悉心打理公司业务，经营业绩没受太大的影响。

2012 年 12 月 18 日，对他来说是个幸运的日子。医生告知有了适合他的肾源，可以做移植手术了，当时那个心情，比中一个亿的彩票还要激动。但由于他的尿道管发炎，第一次手术不是很顺利，第二次术后才正常，在医院多待了 45 天才出院。这期间，他一边静养，一边寻找新的发展之路。

2014 年，他去广东走访供应商，结识了联浦公司董事长。联浦是生产灯具配件和灯具机器的，其灯具配件排名广东前 5 位，灯具机器排名全国前 10 位，是个名副其实的行业龙头企业。

经过一年多的交流和考察，他于 2016 年 3 月 10 日创立杭州迈远照明有限公司，成为联浦在杭州地区的总代理。

五

杨春强重整旗鼓，在稳步拓展相关产业的同时，成立迈远商学院，为省内数十家商超灯具店进行定制化培训和品牌推广服务。

端详他"重出江湖"后做的一系列方案，难以想象这是出自一位初中生之手。但他告诉我，这些都是他亲自做的，而且很受商家们欢迎，很多都和他签订了长期合作协议。这些年来，他从没放弃学习，只要有机会，他都会去参加各种培训，即使是在治病期间也没闲着。然后结合自己的实战经验反复研究，形成了一套完备的体系。他认为，贵州人的素质并不差，不管起点高低，只要努力，是会有所作为的。

令他欣慰的是，身为长子，他在自己创业有成的同时，一个妹妹、两个弟弟也都被他带了出来，如今都已在杭州安居乐业。

六

既是在商会相识，自然会聊到商会。他说在异地他乡有这么一个组织很好，既可以听乡音、解乡愁，又可互通有无，和志同道合的老乡们一起做点有意义的事情。

"首先要把自己的事情办好，有实力了就多做一些公益事业，多尽一些社会责任！"他说，他希望帮助到更多的人。

看着眼前激情满满的杨春强，我想起两句话：

"翁岗寨走出创业郎，山旮旯飞出金凤凰……"

（2019 年 10 月 30 日）

"死党"

有一段时间，我在上海参加了一项名为"教练式技术"的课程学习，结识了一群"死党"，进而有了关于"死党"的诸多故事。

一

在那之前，我认为"死党"纯粹是个贬义词，是个结党营私的词汇。但这次学习，颠覆了我的看法。

那是课程进行到第二阶段的时候，学员们围成马蹄形坐着。导师突然问大家，有没有听过《死党》这首歌？有人说听过，多数人都说没听过。这时，在场的助教打开音响，教室里响起了动人的音符。

音乐刚停，导师说，进入二阶段，大家收获的不仅是知识，还有一群不离不弃的"死党"。如这首歌里唱的，她不是你的姐妹，但比姐妹还要亲密；他不是你的兄弟，但比兄弟更重情义。

"除每个人都是'死党'外，从今天开始，你们还将拥有自己的一对一'死党'。"导师说，"一对一'死党'间要互相鼓励、互相帮助、互相监督、责任共担。"责任共担的一个重要表现是，其中一个完不成任务，或者受不住挑战而中途"下车"，另一个要受牵连，"一起滚蛋"。同时，特别强调了学习期间的十条"军规"，其中一条是"'死党'之间不能有经济往来，也就是不能在'死党'之间发展业务"，一条是"男女'死党'之间不能发生两性关系"。

有此两条，界定了"死党"之间的行为规范，也打消了"死党"之间的诸多顾虑！

接着是搭配一对一"死党"，搭配的方法不是自由组合，而是按照马蹄形的座位顺序一一对应，对上谁就是谁。我在这次"配对"中遇上陈艳，这位早年外出谋生，如今已在上海安居乐业的安徽女子，看上去气质高贵、性格文静，给人的感觉很舒服。能成为她的一对一"死党"，我在心里感到庆幸。

有了一对一"死党"，肩头好像多了一份责任。每天不能只顾着自己，还得时刻把对方系在心上。集中学习期间差不多是形影不离，除了课堂上互相支持外，还在导师临时安排的许多看似不可能的户外体验中紧密协作，共同完成任务。

二阶段结束，由于个人原因，我打起了退堂鼓。许多"死党"劝我留我，我去意已决。可她一句"你不来了，我就没有'死党'了……"让我彻底动摇。

二

转眼到了三阶段，当"死党"们逐渐熟悉，尤其是一对一"死党"之间相处越来越融洽，配合越来越默契的时候，导师突然来了个决定：重新搭配一对一"死党"！

那天排的不是马蹄形，而是让大家围成圆圈站着。导师说，每个人至少挑出三个人，在心中默想你最讨厌他身上的什么缺点。当时也不知道导师葫芦里卖的什么药，还以为要每个人走到对面那个人的面前，当面告诉他，自己最讨厌他什么，那多难为情啊！尤其是我，平时就从不当面让人难堪的，这下要这么做，怎么开得了口。当时，我的正对面站着的是章雪萍女士，她曾自己开玩笑说是我们的班花。我看当之无愧，至少也算得上班花之一吧。一阶段我不是和他们一起上的，二阶段虽然同班，接触也不多，虽说也有让自己看着不习惯的地方，但一时还真不知道从哪儿讨厌起。我在心里犯难：如果真要上前对她"表白"，我该说点什么呢？

这时，导师说出了他的用意，"这次要重新搭配一对一'死党'，我们经常说他人是自己的镜子，一会儿你们会明白，你最讨厌的那个人，很可能会成为你的一对一'死党'，而你最讨厌对方的那些缺点，可能你自己身上一条也不少！"

一说要换"死党"，许多"原配""死党"间牵着的手攥得紧紧的，有种难分难舍的感觉，都说不想换，要做一辈子的"死党"。可导师说了，换不换不由你们说了算，而要看天意。他拿出一副扑克牌依次让大家抽，每人只能抽一张，抽到后把背面贴在额头上，自己看得见别人的牌，却看不见自己抽了什么。谁偷看或者掉在地上，罚款两百元。规则是抽到同样颜色、同样数字的人，就是一对一"死党"。我在心里祈祷，还和陈艳是"一对"，她或许也是这么想的。我们径直走到台前接受"检验"，助教们摇摇头，极不情愿地退回来。我大概先后被三位学员拉着上前，结果都不是。

正在自己手足无措的时候，转身看见我"讨厌"的章班花，她也正找不着主。她似乎说了这么一句："是不是你啊？"于是我们上前，助教说，就是你们。两张牌摘下来一对，我梅花4，她方块4，都是黑色。

天意，真是天意！

既是天意，便不可违。按照导师的说法，这次换了不会再换，新组合的一对一"死党"必须保证毕业之前要互相关心、互相鞭策、不离不弃。"至于你们有没有未来，那要看你们自己的造化！"

这天之后，新"死党"从头开始磨合，"原配""死党"们各自有了新的"死党"，虽然心中惦念，但实际的联系却比原来少了许多。三阶段期间，每个人制定了自己的"成就书"，保证在三个月内事业完成多少、社会服务完成多少、兴趣爱好学成什么技能。每天还要写总结，一对一"死党"要互相监督。我的"事业"是在做好本职工作之外，完成一本书稿的写作，我的进度每天会主动向一对一"死党"汇报。如果我完不成，她会有种无形的紧迫感。她是保险公司的业务经理，她的指标如果不能按期完成，我也有种深深的焦虑。通常是，我写好了总结先发给她，她没挑剔就算过关。她也把自己的总结发来，确认无误后同时发到班级群里，接受更多人的监督。

就这样，为了对方的"成就"，或者说为了成就对方，"死党"之间互不"放水"，时常争得面红耳赤，有时甚至会为对方的"不争气"好几天不说话。因为都知道对方是好意，也不会真生气。相处中虽然有风也有雨，但风停雨住后，大家又会言归于好，相安无事。后来我在接受媒体采访时曾经说，我那本书能够创作完成并顺利出版，离不开很多人的帮助，其中也有我的一对一"死党"一份功劳。

"死党"间的关心当然不仅限于此，还体现在生活上力所能及的照顾。

在毕业前一个月左右，我痛风发作，疼痛难忍，可以说是举步维艰，向公司请了假待在上海的家里休息。在外学习的夫人电话联系了小区附近的药店，给我送来了西药，稍微有所缓解，但要完全康复不知还需要多少天。恰在这时，我的一对一"死党"从泰国出差回到上海，急如星火地给我送来了一瓶全是泰文字母的药丸，说是治痛风的特效药。我服用三天后，就能走出家门到杭州上班，并到嘉兴等地出差了。但我拿出一部分药丸送给一位朋友的家人服用，却迟迟不见好转。

我把这事告诉她，也告诉教练和"死党"们。来自台北的总教练爱娃女士说："'死党'之间有一种爱在里面，说是药治好了你，也可以说是那份爱治好了你！"

三

时光的河流静静远去。

不知不觉间，我们的学习告一段落。一场热热闹闹的毕业典礼过后，"死党"们各奔东西，回到各自的生活、工作中去。只留下一个"激励群"，作为"死党"们聊表思念、交流情况的平台。

住得近的"死党"偶尔相约聚会，或吃吃饭，或到某个地方做做社会服务。虽能让人感受大家的拥有，但毕竟人难凑齐，还是少了许多仪式感。另外，"死党"中有几位先后回平台做了助教、教练。于是，"死党"又有了新的"死党"，有了新的群体，"母队"的群里渐渐变得冷清起来。

我的"一对一"也去做了助教，然后做教练。既要工作，又要带学员，她的忙碌可想而知。我作为"打工一族"，人在职场，身不由己。既没时间去做助教、教练，平常大家的聚会我也很少参与。但我还是惦记大家的，我在此间创作了上海 LF 平台有史以来第一首班歌。有"死党"到杭州办事，只要通知到我，我都会尽地主之谊。我们的激励群虽然略显冷清，但也总能看到大家的身影。每天总有那么一刻，我会到群里逛逛，因而也算没有漏过"死党"们的风采：砚峰、亚萍的付出，发松、德宏的热心，巧妹、小芳的活跃，张茜、世娟的有主张，静虹、艳平、立根等对生活品质的讲究……

但说到底，我和大家的链接、互动还是少了。尤其是我的"一对一"，因为太在意，反而更拘谨。本来就不大在她面前多说话，这下更是少有言语，我以为我们会就此断了联系。

没想到，她竟千里迢迢跑到我出差的地方看我来了。那是今年三月，每年一度的全国"两会"在北京召开，我第二十次随老板进京。因为主要负责文字工作，住的地方也偏，整天待在宾馆里，又无趣又无聊。她打电话问我哪天有空，她想去看我。我以为她只是随便说说，也就随便报了个时间。谁知她真去了。她是晚上到达，说好我要去机场接她的，却因临时有事爽约。我把情况告诉远在天津的另一"死党"吕淑燕，她二话不说，开了四个小时的车到北京接上我的"一对一"，安置好后，她回到自己在北京的家休息，次日一早，她又回了天津，她要照顾年幼的孩子上学。一头爱着孩子，一头牵着"死党"，这番情意，若非亲历，可能难以体会得到。

淑燕"死党"回天津，我则向领导请了一天的假，陪着我的"一对一"在北京颐和园、老胡同等地转了一圈。在南锣鼓巷，细心的她帮我选了一个包，并由她先行带回，送给我的夫人。我把她送到机场的时候，心中隐隐感觉这一去大家各忙各的，再难相聚，所以有种"相见时难别亦难"的感觉。她拿出手机，播放了《芳草碧连天》的乐曲，这是我们在学习期间听过很多遍的一首歌，但在此时听来，满是伤感，眼泪也禁不住掉了下来……

转眼到了八月末，母亲走完了她八十岁的人生之路，在一个寂静的夜晚撒手而去。我在前方奔丧，"死党"们在后方问候。我们尊敬的大哥张祝志、班长陈砚峰、"华仔"徐俊华三位，还有LF48的颜国鸿，带着大家的深情厚谊，分别从江苏、上海、成都、长沙等地前往我的老家吊唁。我的"一对一"远在日本，不能赶回。但冥冥中好像自有安排，我的母亲没有合适的葬期，按照家乡的风俗，往后推了二十多天。正式下葬的时候，我的"一对一"执意前往，从上海和我一路同行。到达老家的当晚，要到山上为第二天的葬礼做准备。来到山下的时候，黑灯瞎火的，我担心她一个城里人爬不了坡，也怕她一个远道而来的陌生人会在那些说不清道不明的山村野地里沾染什么不洁，让她留在路边等候。她却不肯，跑在我的前面比我还快。入秋时节，山里的风已明显带着凉意，但她不曾叫冷。蚊虫叮咬，也只轻轻一拍。看着她在那个夜晚的举动，我除了内心的感激，不知该说什么。

第二天，母亲葬礼完毕，我们连夜赶回上海。到达浦东机场的时候已是第三天的凌晨一点多钟。把她交给前来接她的先生，我们就此别过，各自走上了回家的路。

天亮看群，老大哥的一句话让人心热，"雪萍辛苦了，感谢你替我们大家送了我们 LF45 的母亲最后一程！"

四

关于"死党"，网上有许多说法，最多的是把"死党"和朋友对比，认为朋友讲情，"死党"讲义。朋友会在你难过的时候陪你落泪，"死党"会在你落难的时候两肋插刀。

有一则"'死党'与闺密"的说法更有意思，在你和老公打架的时候，"死党"会毫不犹豫地帮你打。闺密却一边对你说"这样的男人早离早好"，一边偷偷地向你老公抛媚眼。

我不是女人，没有闺密与"死党"同时存在的那份体验。情也罢，义也罢，情义兼有也罢，或许不同的人，站在不同的角度，都会有不同的感受，就当是"仁者见仁，智者见智"好了。

想说，"一辈子的'死党'"可遇而不可求，重要的是把握当下。拥有时，当珍惜……

（2018 年 11 月 2 日）

再见"金外婆"

　　我在办公室正要外出，有电话打进。号码是陌生的号码，声音是熟悉的声音。

　　因为号码陌生，我还以为是骚扰电话，差点挂掉。还好没挂，悻悻地接起来，打算幽上一默，问是推销房产还是贷款，对方声音却先响起。

　　"××吗？有个姓金的老师过来参观，她说和你很熟悉，你和她说几句吧！"原来是他，中国计量学院教授、正泰集团原副总裁郑春林先生。

　　金老师？计量学院我不认识姓金的老师啊！这是我的第一念头。因为郑春林是计量学院的，我便想当然地以为他说的金老师也是计量学院的。

　　但很快，我便知道了她是谁。她刚说出她是浙江传媒学院的退休老师，我便报出了她的大名：金玉琴。同时，脑海里快速闪过记忆中的金老师形象：个子不高，慈眉善目，富有激情，说起话来充满磁性。

　　我们算是一面之交，那是很多年前的事情。她受邀到温州乐清讲课，大概讲的是如何进行新闻策划、制作的问题。她说媒体人要关注社会热点，找准市场痛点，回应群众关切。她以自己 1997 年在浙江电视台钱江频道推出的一个民生节目《金外婆逛市场》为例，一边播放视频一边讲解。在多媒体运用还不十分普遍的当时，她的授课方式给人耳目一新的感觉。作为学员的我，除了认真听课，还在课间和她做了交流。感染我的不光是她的睿智，还有她那种乐观向上的精神和眉宇间透出的不凡气质。此后这些年，我的工作从温州到上海，从上海到杭州，离她越来越近，虽然从未联系过她，但"金外婆"的形象一直烙印在心里……

我在正泰新能源展示大厅一个数十人的参观团队中一眼认出了金老师，她也一下子认出了我。

"我们应该有二十年没见了吧！"她说，"你没变，只是胖了点。"

我很意外她能记得那么清楚，回想起来，我们初次见面应该是在 1998 年 5 月 24 日，至今正好 21 年。更意外的是，这么多年过去，岁月的封刀居然没在她的脸上刻下多少印痕，依然风姿绰约、满面红光，让人颇有时光倒流之感。

她感慨："我们就那么偶然地见了一面，二十多年都没有联系，却还互相记得、互相牵挂，真是难得啊！"我则不断地说着感谢金老师这么一个大教授始终把我这个打工仔放在心上的话，并由衷赞美她历经岁月而不衰的风采。

"我都 80 岁了！"她感叹。

"你到 100 岁也不会显老！"我说。

说实在的，一个 80 岁的老人仍有这样的身体和精神状态，的确让人肃然起敬。所以我说她 100 岁也不会显老绝非马屁，而是真心祝愿。

互相聊了别后的一些情况，金老师居然还记得起我的老家、我的家庭成员，关切地问起我家人的近况，这让我很感动。

她说退休后先是在媒体帮忙，后来返聘到学院奉献余热，最近正忙着张罗他们大学的同学聚会，过得颇为充实。她一生以培养新闻人才为业，更以此为荣。如今受到热捧的节目《范大姐帮忙》，就有她当年执导的《金外婆逛市场》的影子，这是令她感到欣慰的。这次她是随学院组织的教师团体走进民营企业，实地感受市场经济的脉动。而郑春林教授之所以同来，缘起他的太太，她曾是传媒学院的一位领导。郑退休在家，正好没事，又熟悉正泰，于是成了金老师们这次正泰之行的"牵线人"。

郑教授告诉我，金老师在传媒学院很有声望，她的学生中好多人都成了名记者、名导演。

这我当然相信，像金老师这样学富五车，又孜孜不倦的人，自然是桃李满天下，出几个名编、名记、名导的，那还不是顺理成章的事。

我感触的是，人生一世，萍水相逢者不知其数。能在那些"逝者如斯"的时光河流中留下记忆，并彼此牵挂的又有几人？

感谢"金外婆"，让我感受到炎凉世态中总有那么一缕温情，让人心暖。而这，与年龄无关，与职业无关，与身份地位也无关！

（2019 年 5 月 24 日）

好人 "阿龙"

到温州乐清采访，我见到了一位老朋友——赵顺龙。

赵顺龙是地地道道的乐清人，当地人对于比自己年龄小或差不多大的，喜欢亲切地称呼阿×。比如男士有叫什么彪的就叫阿彪，女士有叫什么美的就叫阿美。赵顺龙自然就被称为阿龙了。

我初入正泰的时候，在一个大排档式的办公室里办公，阿龙就坐在我的后面。我和他之间，不是"抬头不见低头见"，而是"抬头低头见，相看两不厌"。他比我年长十来岁，不好直呼阿龙。他是公司工会主席，我便称他赵主席。我担任企业报主编，他称我廖主编。后来我兼任团委书记，增加了一个新的称谓叫廖书记。不知从什么时候开始，我们心照不宣地把前面的姓氏省掉了，互称"主席""书记"。然后自嘲："大小也是个主席、书记哈！"

阿龙是个"活字典"，更是个热心人。他不光对正泰的情况了如指掌，而且对当地的风土人情如数家珍。我对正泰和乐清情况的了解，很多都是从他那里获得的。那时乐清还比较排外，我独自一人到一些部门办事，一听我是外地口音，人家爱搭不理，有时还会叨叨两句不友好的语言。阿龙有空的时候便常陪我出去转转，把我介绍给他的熟人。有时媒体来访，我带他们到镇上或村里采集素材，记者和我都听不懂当地人的"乐普"（乐清普通话），更听不懂当地方言，阿龙便主动陪同，义务当起了翻译。工作之余，阿龙也常邀我一起出去溜达。他兼任着乐清市诗词学会会长，喜欢舞文弄墨，和我算是同道。我们去得最多的是一些文化旅游场所，比如乐清城区的东塔公园、北白象镇的前岸公园、白石镇的中雁荡山等。有一次还去了明代尚书高友玑在其家乡白象高岙村的墓园，一路上他给我介绍高尚书其人其事，介绍这个墓园的来龙去脉，俨然一位穿越古今的知识"导游"。

阿龙爱讲笑话，他自己更是开口便笑，笑起来眼睛眯成一条缝，神态如弥勒佛一般和善。在他讲的笑话中，我们曾有一名川籍员工名叫曾建国，离职回家后不知有什么事打来电话，我们都不在，新来的员工接起电话，问是谁，对方说："曾建国。"浓浓的四川口音让我们这位新员工听得不明就里，回了句："你才真见鬼！"有一次，不知是做什么事情，有领导再三提到要搞好这次活动，由于领导说的是方言，外地来的女员工把"活动"听成了"话筒"，以为领导要用话筒讲话，赶紧找来了话筒，弄得领导一脸诧异。

阿龙的笑话源自他的幽默，他的幽默则源自他对生活的彻悟。生命是不可承受之重，他却常以尽可能轻松的方式让大家会心一笑。比如有一次，办公室同事们在酒店聚餐，他因事晚到，大家叫他赶紧入座，他却拍拍肚子说："我肚里有了（意思是吃过了）！"，大家差点把吃进嘴里的饭喷出来……

阿龙家住北白象镇，离柳市上班地点有四五公里的路程。我知道他进正泰前当过国企职工，下海做过生意，家里还开着一个不小的商铺，在老板多如牛毛的乐清当地，不说他家底有多厚，但要买辆车代步应该是没问题的。但他说老婆担心路上不安全，不赞成他开车，连自行车也不放心让他骑。所以每天他都起个大早，步行上班，还几乎天天最先到办公室。他说这样"既锻炼了身体，又欣赏了路上的风景，还可以思考工作上的一些事情，真是一举两得"。

阿龙生就一副好脾气，我从未见他跟谁红过脸。即使是工作上有分歧，他也不会针尖对麦芒地当面争吵。能说通就说，说不通的，他会用他一贯的冷幽默先把气氛缓和下来，等大家心平气和再讨论。

当然如果对方说得有理，他也会毫不犹豫地放弃自己的观点，照对的意见办。他把他作为工会主席的职责概括为两句话："吃喝拉撒睡，生老病死残。"家长里短的，经常要面对很多劳心事，没有他这种"一笑而过"的态度，还真难撑得住。

"好人一个！"这是大伙对他的评价。

但就是这样一个好人，却没少受命运的捉弄。印象中他是 2006 年左右离开公司的，离开原因不详。我则在 2008 年初迁到上海徐家汇办公，之后又辗转上海松江、杭州滨江，中间还有一年左右折返乐清。这种"多城记"式的生活，让我们忽略了许多东西，包括家人、朋友。直到有一天，听说阿龙的妻子在一场事故中去世，老同事们前去吊唁。我从上海赶到的时候已是晚上，见到悲痛中的阿龙，我说了句"节哀"，他回了句"谢谢！"然后，相顾无言。

在这之后，每到乐清，忙完正事后，我总会给他去个电话。但他不是在途中就是在忙中，终难见上一面。我们这次是受命编撰公司早期的创业史，资料严重缺失，对老员工的采访就成了重要而且必需的手段。给他讲明了事情原委，他二话不说，爽快答应下来，于是有了这次"久别重逢"的见面。

眼前的阿龙，明显多了许多沧桑感，说话也不像过去那样利索了。我急于知道他这些年的情况，他说在别的企业打过工，给一个镇级的商会组织编过会刊，目前在乐清市社科联帮助搜集整理文史资料。同时也给有需要的企业写写书，给出书的作者写写序什么的，赚点稿费。

说及老东家的往事，好多东西他也不完全记得了，需要一点一滴地回忆，有时一件事要想好半天，有的还要回去翻笔记，与他过去张口便来的"活字典"形象大相径庭。这越发说明我们这项工作的重要性，随着岁月流逝，当事人会老会离开。而且，再好的记性也会遗忘。很多东西如不及时整理，那就会永远埋藏在历史的尘埃中了。庆幸的是，我们靠着阿龙和其他几位老员工的回忆，硬是把当年的一些事情"还原"过来，从而为企业积累了一笔珍贵的文史资料。

想和阿龙聊聊的话题很多，比如近来写了什么诗？他当年收藏的上万枚领袖像章是否还在？他从全国各地淘来的数千件"精美的石头"有没有变现成大把大把的钞票？等等。

但我没有问出口，他急匆匆地要赶往下一站，或许是有企业约写书，或许是要给某本将出版的书写序……如是这样，那可是他在离开企业后的重要收入来源和精神寄托。忙并快乐着，这也是作为老友的我应该替他感到欣慰的，所以实在是不好耽误他。

我把他送到路边，看着他疲惫的身姿消失在人群中，心中有些怅然……

（2019 年 6 月 1 日）

无锡"三老"

一

多年以后，我想我会一直记得那样一幕情景：无锡高铁站出站口，一位80多岁的老人翘首以盼。接到"东家"来人后，又一起去看望另两位同城老人，相见甚欢……

那是2019年的夏天，正泰集团党委书记吴炳池率公司党委、工会、行政一干人马前往江苏无锡，慰问几位退休多年的老专家，我也在随行人员之列。

时值梅雨季节，江南大雨不断，往北方向的列车约好了似的晚点。吴书记率队从温州出发，我从杭州起程，到达无锡的时间都比平常迟了近半小时，接站的人难掩焦急之情。

二

这次慰问的老专家是过润之、季九如、金宵兵三位，我称他们为"无锡三老"。

"三老"的故事，要从二十多年前说起。那时正泰集团的前身"乐清县求精开关厂"经过几年发展，初具规模，在当地有了一定影响力，经营者们的思路也在这时发生了严重分歧。在难以调和的情况下，公司决定"分家"，南存辉分到的部分叫求精开关一厂。刚从江苏省机械工业厅临时发证组组长任上退下来的过润之就在这个时候加盟求精开关一厂，让求贤若渴的南存辉如获至宝，当即委以重任。技术研发、生产许可证申领、国内营销、国际项目投标等多个方面，他都身先士卒，最后"官"至集团副总裁，为企业发展做出了重要贡献。

也是在过润之的引荐下，季九如、金宵兵等工程师相继进入正泰。季九如从事质量管理，为早期正泰质量体系的搭建、产品质量的提升洒下了辛勤汗水。金宵兵负责工程技术，在交流接触器等产品研发中发挥了主导性的作用。

他们因为年龄原因离开正泰后，始终心系正泰。后继者们有事找到，他们总是不遗余力地给予支持。

三

几位老专家，我算是接触较多的。

我到正泰后参与的第一件事，就是陪同过润之接待来自西藏那曲地区加黎县委书记、县长一行。那时过润之是集团公司排名第三的副总经理，我则是试用期的《正泰报》小记者。我那次写了篇《献上心中的哈达》的特写，我的主管领导、时任《正泰报》主编戴知谦老师非常赞赏。这篇文章以及随后写的几篇文章让我顺利通过了试用，谋到了《正泰报》副主编的职位。连南存辉董事长也说："恭喜你通过了戴老师的严格考察，欢迎你正式成为正泰的一员！"

我在正泰留了下来，也就有更多机会和宝贝一样的工程师们打交道了。我曾写过过润之的专访，曾带记者采访过金宵兵。和季九如的交往则更频繁，我们的办公室相邻，宿舍也离得很近，有事没事会互相串串门、聊聊天，对她"工作中的铁娘子，生活中的好长辈"的形象感受至深。

几位老专家离开公司后，我和他们也时有联系，尤其是季工。七八年前，忘了是什么事去无锡，我去看望了季工。她住进养老院后，时常会在微信上问候一下，偶尔也会通过视频聊上几句。虽然分开多年，却毫无生分之感。

"我在养老院，没事就会想起正泰，想起正泰的人和事！"季工的一句话，也常勾起我对往事的回忆。

四

时光回到眼前。

那位在高铁站翘首以盼，等待我们到来的就是过润之先生。老爷子本该在家等着我们去慰问的，可他就是闲不住。因为身体尚好，许多活动他都喜欢参加。老同事、老朋友来了，他更是要全程陪同。"我会唱200多首歌，而且不光是老歌，年轻人喜欢的歌我也会唱！"由此可见他的晚年生活有多丰富。

过老记忆惊人，对正泰当年的一些事情如数家珍。他还清楚地记得，他在正泰（求精）的第一张工作证，是由当时的求精开关厂厂长南存辉亲笔签发的，时间是1991年1月1日，编号是102号。而他与求精开关厂的"见面礼"，竟是一张自制的产品图纸。那时温州不通火车、不通飞机，双方约定在上海见面。他坐绿皮火车到达上海，南存飞、朱信敏两位去接他，为方便对方辨认，事前约定，他手持一张报纸站在火车站出口等候，颇像当年的地下党接头。

再说季九如，今年80岁，和她年近九旬的老伴住在养老院。知道我们要来后，她给我发了微信："我们真的要见面了，好兴奋、好期盼，告诉我，我应该做点什么？"激动之情溢于言表。这天，她早早下楼，到养老院门口迎候。见到大家后，抑制不住内心的喜悦，"终于见到你们了，真的好开心！"

我们给她带去了当年报道她的一张《正泰报》做纪念，她紧握我的手，对我这个曾经的主编说着感谢的话。我分明看见，那一刻，她的眼里闪着晶莹的泪花。

最后一站到了金宵兵家。站在他家处于 32 层的高楼上俯瞰，无锡的繁华胜景尽收眼底。金老愉快地讲述了离开正泰后的生活，听吴书记介绍完公司发展情况，老人无比开心。

在金宵兵家，我问了他一个有趣的话题："无锡是不是真的没有锡?"

他说："无锡本来是有锡的，后面那座山就叫锡山。但古代战争多，经常打仗，作战用的弓箭，箭头要镀上一层锡才锋利，杀伤力才大。这样长年消耗，无锡的锡就用光了，战争也打不起来了，所以民间有'无锡天下平'的说法。"

五

我常思考一个问题：为什么老一代的正泰人对公司和同事感情那么深，即使离开多年仍旧心心念念。而现在的人，来了一茬又一茬，走了一茬又一茬，却没几人有这样的感觉?

吴炳池书记的说法也许能说明其中缘由。他说："当年公司小，人也不多，工作、生活都在一起，而且都把公司当家，结下了深厚的友谊。现在公司大了，人也多了，顾不过来，很多人都互相不认识，或者认识而无深交，感情自然就淡一些了……"

我听懂了其中的"关键词"：把公司当家!

只有把公司当家，才会把同事当家人，那种难分难舍的感情才会长长久久……

（2019 年 6 月 30 日）

贵　之　恋

乡恋的故事很多，这是很能打动我的一个。

某天，一位同在杭州工作的老乡发来微信，相约下班后就近找个贵州菜馆解解乡愁。

我知道杭州有几家贵州特色的菜馆，但都太远，不是我们的目标地。于是在方圆五公里内搜了搜，一个叫作"贵之恋"的店名跃入眼帘，而且离我住的地方不远，三公里左右。

就是它了！我没有犹豫。

两老乡如约而至，一眼就被店里充满乡情的陈设所吸引。"一口贵州，一口乡愁""有贵香，在家乡，背井不离乡"……初见的时光，真好！

年轻的女老板热情地招呼我们落座，双手递上菜单。

腊排骨火锅、腊猪蹄火锅、豆花饭、酸汤烫饭、酸菜折耳根、贵阳脆哨、毕节臭豆腐、遵义羊肉粉、水豆豉……品种不算多，却都是我们的最爱！

尽兴而归，自此恋上这家店。

此后的日子，多次光顾，有时独自前往，有时约上三五好友，吃罢皆称地道。去得多了，也和这里的女老板熟悉起来。她叫王兴红，遵义市桐梓县人。初中毕业后，因为家贫，未能继续上学，走上打工谋生之路。在当地学校的食堂做过小工，远足重庆等地摆过米粉摊，开过小超市，年年有进账，结余却不多。

农村人结婚早，三十出头的女人，儿子已读高中。丈夫也是邻里人，爱她是真，却因少不更事，各有各的主张，平日里小吵不断，"不见心想，见了心烦"一度成为他们婚姻生活的写照。不料有一天，丈夫在一场事故中离世。突然没人吵了，她竟有些不习惯，人生路也失去了方向。

"您到杭州来开店吧！"外甥说。

前夫的外甥从部队退伍后在杭州工作，给单位领导开小车，少不了吃香喝辣的机会，但心心念念的却是故乡的小吃。走遍杭州大大小小的贵州菜馆，感觉都没舅妈做的好吃，如果她过来，肯定有生意。

于是，她再一次出发，开始一段新旅程。

王兴红还做老本行，开了一家遵义羊肉粉馆，但发现周围卖遵义羊肉粉的店家不少，有些是贵州老乡开的，有些是外地人开的。由于原料、工艺不同，味道也有不少差异，不能真正体现遵义羊肉粉的特色。同时她发现，来消费的大多是在杭州打工的贵州人，他们并不完全是为了吃一碗粉而来，有时吃完还会坐上半天，和店员唠唠嗑，和乡友聊聊天。

她做了一个大胆的决定，开一家综合性的贵州菜馆，当然少不了她最拿手的遵义羊肉粉。她想让老乡们在吃好喝好的同时，也能听听乡音、结结乡缘、叙叙乡情。她是离乡之人，最懂离乡之苦。未经多想，"贵之恋"成为她的店名。来吃饭的老乡们谈天说地，吃完还不忘拍张照片发到朋友圈。

原本只是小打小闹试试运气，没想到几年过去，人气越来越旺，上下两层的小菜馆已经装不下人们的"乡愁"。开辟新店，扩大规模，又在她的盘算中。

她看中人流量大、被称为杭州"网红打卡地"的钱江新城。她在那里租了场地，面积比原来的地方大得多。

她有一套新鲜的设计理念。商标要体现贵州元素，店内布局要有民族风味。除了餐饮区，打算设立一个读书角，取个有意思的名字，比如"黔书阁"或者"黔人书屋"什么的，把描写贵州的书刊和贵州人写的书籍放置进来。客人们早到等人，或者吃完饭后，可移步书屋，喝喝故乡的茶，看看故乡的书，会是一种不一样的体验。当然，最主要是饭菜质量要好、菜品要丰富，不仅限于遵义，还要尽量把全省各地最有特色的菜都引进来。

问她有啥梦想。

这话一出口，自觉多此一问。眼前活生生的事实，不就是最好的答案吗？

她倒回答很爽快，"像我这样，文化不高，条件不好，能有什么梦想啊！当初只想着能够自食其力，不拖累父母。做到这种程度，就想多学一些东西，把店经营好，让跟着我的亲人、朋友们有点事干，有份稳定的收入，也让来消费的老乡们找到回家的感觉！"

这是大梦想，实实在在的梦想，正在实现的梦想。

我送她一本书——《一路上都是故事》。其实她也是故事，一个很励志的故事。

她让我签名。

我欣然写上：贵之恋，故乡情……

（2021 年 4 月 14 日）

小李与小杨

"五一"长假，难得的休闲时光。不游山水不宅家，却经不住朋友的鼓动，加入了赴宁波杭州湾的看房大军。

接送我们的中介人员是两位小伙子。大热的天，穿得西装革履，脸上的汗水写满艰辛和诚意。

他们一位开车，一位坐副驾驶位。开车的人称小李，一路侃侃而谈，谈行情，也谈自己，像个熟谙世事的"房产通"。从他口中说出来的行情，自然是红红火火，增值空间巨大，投资前景良好，自住也是难得的福地。他自己则来自云南昭通，先在浙江嘉兴从事房产中介，几年积累，买车置房，也收获了爱情。后被宁波杭州湾新区如火如荼的开发热潮吸引，来到该区，仍做房产中介，收获颇丰，又在这里买了一套房作为投资。不光他买，他的姐姐也从老家过来买了一套。为证明其所言是真，还专门带着我们参观了他所购房屋所在的小区。

坐在副驾驶位上的，人称小杨，一路上闷声不语，只在分岔路口轻声提醒小李别走错道。另外就是小李想不起什么事的时候偶尔插上一两句。我以为他是领导，领导都是要么不说，要说就是一锤定音的。但仔细看去，小杨一脸稚气，怎么都不像领导的样子。也不像是个经验老到的业务员，倒像一个入行不久的小跟班。恰好下车时听他叫了小李一声"经理"，便坐实了我的看法。

我好奇他的年龄，问道："你应该是 1995 或 1996 年的吧？"

他回答："我是 00 后，2001 年生的。"

这令我大吃一惊。这个年龄，如果不是成绩太差，不是应该坐在窗明几净的大学教室里，过着"天之骄子"的生活吗？

小杨说，他是很想读大学的，而且已经考上昆明医科大学，但因家里太穷，交不起 18000 元的学费，好不容易贷款读了一年。第二年因为没有担保，再也贷不到款，不得已退学出来打工了。没别的事好做，听说有很多老乡在这边卖房，也就直接过来，加入了这一行当。

原来他也是云南昭通人，和小李是同乡。而且此间我们先后接触的几位中介，也都是昭通的。

小李说："做成一单，小杨大概能赚到 4000 多元。"

这个数字是真是假？4000 多元是少还是多？不得而知。

但看得出，为了这个数字，以及更大的数字，中介们蛮拼的。他们甚至自己掏腰包在网上打广告招揽客户。小李开的车也是他自己买的，公司不出任何费用，如果公司报销过桥费过路费什么的，他们的业务提成就会打折扣，他认为得不偿失。

我们在几个小区售楼部看到，热热闹闹结队看房的人不少。置业顾问指着那些已建、在建的楼盘绘声绘色地讲解，分析区位优势，畅想未来生活，大有"过了这个村，没有那个店"之意。大厅里，不时响起"砸金蛋"的声音（每当一单成交后，买主用锤子随机砸破卖家事先准备的一个"金蛋"，领取纪念品），让人不由得心动。但心动归心动，像过去那种买白菜似的疯狂争抢的局面不复存在。

我的财商老师告诉我，中国社会老龄化日趋凸现，人口出生率逐年下降，加之工厂智能化手段的运用对普通劳动力的需求减弱，即使北上广深这样的一线城市，人口净流入也在不断减少，市场"刚需"越发式微，房产已然不是最理想的投资工具。作为吾国吾民，我也百分百认同领导人关于"房子是用来住的，不是用来炒的"论断。

看看眼前看房客们跃跃欲试又迟疑不决的情景，再看看小杨那张年轻稚气、对财富充满渴求的表情，我宁愿老师们的分析是错误的。那样的话，无数如小杨这般读不起大学的孩子，或许能用他们的勤劳和智慧获得持续的收入，并因此改变他们的命运。

小杨已入场。而小李，是他的榜样……

（2021 年 5 月 29 日）

布依阿妹"升职记"

一

我在一次老乡们的聚会上认识了她：阿贞。

她是一家知名装修公司的市场部总监，手下领着七八个精明强干的业务员，她的业绩在行业内有口皆碑。但她只有初中学历，从普通业务员做到总监，只用了四年的时间，这让老乡们颇感意外。

"我得感谢他们！"她说。

这个"他们"是两个人，一个是她的前夫，一个是现在的先生。她出生在贵州省兴仁县的一个布依族村庄，虽然学业优异，但因家庭贫困，未能读完中学。"女大当嫁"的年龄，她和村里一位青年结了婚。却因暂时没有生育而遭致丈夫和公婆的不满，久而久之，竟患上了可怕的抑郁症。为逃避夫家的埋怨，也为挣钱治病，她只身前往省城贵阳打工。

由于学历不高，又没有什么技能，她在贵阳并没挣到多少钱。加之丈夫提出离婚，她的抑郁症虽经多次治疗，但没有丝毫好转的迹象。

她承认，丈夫刚提出离婚时，她不太情愿，觉得这男人太薄情。但转念一想，这样的婚姻勉强维持下去也没什么意义，不如放手，给别人自由，也给自己自由。没想到，这一"放手"给她带来了人生中最重要的一次转机。

　　她经朋友介绍，结识了现在的先生。因他在杭州打工，她也就来到了杭州，来到了他的身边。刚开始，他们同在一家公司，他是技术员，她是普工。随后，又经人介绍，她进了一家装修公司工作。公司年轻人多，相处融洽，而且每个人都很上进。和他们在一起，满满的都是正能量。不知不觉间，忧愁离她而去，她的抑郁症不治而愈！

　　她说："不是前夫提出离婚，我就没机会重新选择。不是遇到了现在的先生，我就不会来到杭州，开始这段新的生活！"

　　这就是她"感谢他们"的理由。而且对现在的先生，除了感谢，她还用上了"感恩"一词，感恩他把自己带进了人生的新天地。

二

　　杭州是个大城市，经济发达，机会多、人才也多。像阿贞这样一无高学历、二无一技之长的山村妹子，要想找一份好工作，的确比登天还难。

　　因此，她格外珍惜来之不易的机会。

　　在装修公司，她先是跟着其他业务员跑单，"有样学样"。慢慢地，她开始悟出了一些自己的独特方法。比如，在不知道谁需要装修的情况下，漫无目的地打电话很讨人烦。有些本来需要装修的，也不一定找他们。她就不打电话，而是发信息广而告知哪天要搞装修材料展示、哪里兴建了样板房等，欢迎大家前来参观，打扰之处敬请谅解。这样，不来的也就不来了，来了的就有可能成为客户。即使一时成不了客户的，她也不放弃。她会主动和他们交流，并保持联系，帮助他们分析装修中的一些问题，以及他们公司在解决这些问题中的优势。建立了信赖关系，也就建立了客户资源。比如，一套房子装修好后，她会经常性去走访客户，了解他们的居住体验，征求他们的意见。有时她还自己破费请客户吃饭，送客户一些小礼物。客户们受她感召，主动把她推荐给需要装修的朋友，成了她的义务"推销员"。很快，她便成了所在公司的王牌业务员。

当上业务主管后，她毫无保留地把她的经验和体会分享给大家，帮助团队成员开拓业务，创造业绩。培养出更多的王牌业务员，她又被提拔为公司的市场总监了。

"官"当大了，她更多地要站在公司的立场思考问题，但她从不因为要维护公司利益而牺牲员工利益，而是尽量在两者之间寻求平衡。比如，公司为控制成本，打算对员工的收益方式进行一些调整。一些员工觉得调整后利益受损，很不乐意。她反复思量，提出了一套行之有效的办法，使员工收益不减，公司的成本也得到了有效控制，皆大欢喜。

她的聪明之处还在于，她有功不居功。她的建议被老板采纳后，她对员工说是老板亲自做出的决定，员工感激老板，老板也更加信任她。

三

"年度营销冠军""团队优胜奖""最具领导力奖"……一个个荣誉证书，见证了她的奋斗历程。

她常挂嘴边的只有两个字：感恩。

感恩父母，感恩他，感恩一路上给予她关心支持的人……

（2021年3月24日）

难舍"会计公"

惊悉"会计公"辞世，我正坐在从温州开往杭州的动车上。

因老人家淡出公司事务良久，加之我的工作地点变动，我们已多年未有联系，以致连他去世这样的事，我得到的也是"迟来的消息"。

一

会计公本名吴德铨，温州乐清人。"铨"在乐清话中与普通话"川"音近，所以很长时间里，我一直把他的名字误写为"吴德川"。

他到正泰之前，曾在乐清县（1993 年撤县建市）农资公司、县供销社、副食品公司等单位从事会计工作 30 多年。58 岁那年，他在乐清县生产资料公司党支部书记任上退居二线。南存辉登门邀请他加盟创办不久的乐清县求精开关厂（正泰集团前身），担任财务经理，使他成为正泰创业史上第一个真正的财会人员。

按温州习俗，对年龄大的老人家，男的一般尊称阿公，女的尊称阿婆。正泰最初有一技之长的人才多是来自当地政府机关和国有企业退休的阿公、阿婆级人物，吴德铨是其中之一。他德高望重，又是会计工作的一把好手，常被称为会计公。

那可不是戏称，而是公司老板和员工对其能力和品行的由衷认可。

二

个子不高，却很精神。做事严谨，平易近人。说不准普通话，但他会一字一顿让你听清。这是会计公留给我最深刻的印象。

由于习惯的原因，有些意思，他一时想不起用普通话怎么表达，往往会不由自主地冒出一句乐清话。意识到对方听不懂，他又用半生不熟的普通话"翻译"出来。从他那里，我知道了我的名字用乐清话怎么读。从他那里，我了解了正泰初创时期的一些情况。

在他 70 岁那年，也就是他进入正泰 12 年的时候。或许是秋天，或许是夏秋之交的某个日子，我第一次有机会和会计公坐在一起，面对面听他讲述了一段并不久远的故事。

"我刚进厂时，连同老板在内只有 8 个人。3 个老板一般不在厂里吃饭，我们 5 个人就靠一口电饭锅，吃住都在厂里。后来，职工人数增加到十多人，厂里又添置了一口电饭锅。到了 1988 年，人员发展到 30 多人，电饭锅则增加到 3 个。1990 年左右，人员增加到100 多，几口电饭锅不顶事了，于是办起了简易的职工食堂。"他这么描述正泰创业初期的变化。

问他在正泰感受最深的是什么，他说得很干脆：一是重视质量，二是以礼待人。

"刚开始，我每个月的工资 210 元，一般员工 70 到 100 多元，老板们的工资也不高。为了扩大再生产，尤其是为了建试验站、申领生产许可证等，几位老板好几年都没有领工资。难能可贵的是，为了抓质量，南董专门从上海请来了王中江、宋佩良、蒋基兴等几位工程师。后来，几位老人回家颐养天年后，南董每次去上海，都要去看望他们。公司举行创业十周年庆祝大会的时候，还专门把他们请来，坐主席台，戴大红花……"

会计公娓娓道来，如数家珍。

　　我把那次采访的内容写成一篇《看着正泰"长大"的人》。如今看来，这个题目还很确切。他扎根正泰十多年，还曾在正泰的生活区买了房子。即使"退养"回家后，他还是会经常到公司走走。

　　从58岁加盟正泰到90岁离开人世，生命的三分之一与正泰紧密相连。说他是"看着正泰长大的人"，再合适不过。

三

　　在正泰的股东群体中，有许多传奇故事，会计公也一样。

　　如前所说，会计公进入正泰的时候，每月工资210元，以后逐年增加。由于他还有原单位发的一份退休工资，用钱并不那么紧张。看到公司发展缺资金，他主动提出不把工资领出来，而放在公司账上，需要的时候再支取。谁知老板更爽快，说："我们让您成为股东，放在账上的工资就作为您的原始股本！"

　　就这样，会计公总不领取工资，他的股本不断扩大，不知不觉竟成了正泰大股东之一。到2010年公司上市的时候，财富暴涨无数倍。这真是做梦都没想到的事情！

　　可他并没沉醉在财富的狂喜中。他依然如故，穿着朴素，生活简单，对人友善，说话谦和，不显山不露水。他没有不良嗜好，平生最爱听广播，一架老式的收音机是他的"传家宝"。公司上市后，他最大的"排场"是自己摆了几桌席，犒劳辛苦加班的工作人员。平时不抽烟、不喝酒，连"搓搓小麻将"的兴趣都没有，更不会开着名车招摇过市。走在人群中，谁也不会认为他是什么大富翁，而是一个慈眉善目的老阿公。

　　也许是因为他的低调，也许是因为在乐清这个地方，有钱人实在太多。我想挖掘会计公的一些故事，居然连非常熟悉他的人也只是一再夸他"务实，脾气好，关心下属，对人特别客气，从未见他发过火、红过脸"，却很难说出更多"与众不同"的细节来。

在正泰法务部负责股东关系管理的郑海乐女士算是与会计公打交道较多的,她说她的最大感慨是:在乐清很多有钱人不到闭眼的那一刻是舍不得把财富分出来的;到了不得不分的时候,也往往是分男不分女,或者多分男少分女,不一视同仁;可会计公不一样,他对财富看得很开,自己一生节俭,却在七八年前就对自己持有的股权做了妥善安排,子女们一碗水端平,各得其所,皆大欢喜。

这个世界很喧闹,太多的人不甘寂寞。会计公身居闹市,却始终保持一份内心的安宁。如当地市花——月月红,在喧闹中平静,在平静中绽放,在绽放中喜悦。

四

我急匆匆地赶回杭州,是要参与一项重要的接待任务。

那是浙江省直属某机关干部集体来访。正常情况下,南存辉肯定要亲自出面接待,这天却不在。有人问起来,参与接待的正泰集团副总裁周三荣解释:"正泰创业初期进厂的一位元老90高龄去世了,也在乐清,南董肯定要去看看的,他是个很懂得感恩的人。"

周三荣所说的创业元老,就是会计公——吴德铨。

如今正泰人才辈出,会计水平今非昔比,"三下五除二"的珠算时代一去不返,"会计公"们的使命也早已结束。南存辉公务繁忙,他可以有一万个理由不去参加葬礼。但他去了,不光他去了,公司其他大老板们也从各地赶去了。此举便释放出非同寻常的意义。

不忘初心,方得始终。

会计公走好……

(2016 年 10 月 31 日)

老 五 舅

"老五舅摔死了!"

二弟在我们家人的一个微信群里发出这个讯息,引来一片哀声。

一

在外公外婆的六个子女中,我的母亲是老大,接下来是一个姨娘,再下来是四个舅舅。老五舅排行最小,按说该叫他四舅。盖因乳名老五,也就称他老五舅了。

老五舅属猫,印象中曾是个活泼开朗的少年。我们小时候盼望的事情之一是去外婆家,一个重要的原因就是和老五舅玩。我不确定他曾读到几年级,但他曾上过学是肯定的,学习不好也是肯定的。我曾看到,署名"马小五"的作业本上画满了老师带着愤怒的叉叉杠杠。但他不忧郁,似乎总是沉迷在自己的"快乐世界"里。

盛夏时节,外婆家最诱人的是那些挂满枝头的李子,有"栽秧李""桐壳李""白姜李""鸡血李"等。这是外婆家的经济支柱,为防别人偷摘,通常在树下布满了扎人的刺。妈妈也常告诫我们,外公外婆挣个钱不容易,他们家的李子是要拿去卖的,我们去了不要老嚷着要吃李子。但每次去,外婆都会端出一些事先准备好的李子给我们吃。

年少正是贪吃时,几颗李子自然填不饱我们的肚子。吃完外婆准备的李子后，我们会跟着老五舅走向李子树的那片园子，一边玩，一边拣拾树上掉下来的李子。既饱了口福，又玩了个够。

老五舅爱唱歌，也爱讲一些有趣的农村俗语。那些年流行的一些歌曲，如《东方红》《北京的金山上》《大海航行靠舵手》等，我最初可能就是从老五舅那儿得到启蒙的。但他口吃，唱歌似乎总是在"哼"，也许是"啦啦啦啦啦"，也许是"嗒嗒嗒嗒嗒"，也许是"来来来来来"，不大听得清歌词。以致很长一段时间里，我常把老五舅教的"东方红"唱成"红苞谷"。

老五舅讲的俗语，我记得最牢的是一段"月亮光光，姊妹烧香，烧到王大姐，气死满姑娘……"

二

除了爱哼歌、爱讲俗语，少年老五舅还是个打陀螺的好手。

农村孩子很早就开始帮助家里干活，放牛、砍柴是最基本的活路。老五舅放牛，腰间常别着一把柴刀或者镰刀，回家的时候，前面赶着牛，肩上扛着一捆柴或者一捆草。下雨天放牛，不用砍柴割草，身披蓑衣，头戴斗笠，手持"牛刷条"（抽打牛的鞭子），成为老五舅的"全副武装"。

过年期间，老五舅身上的"武装"则换成了陀螺。一根麻绳拦腰拴住，背后系着陀螺。到了山上，把牛一放，解下陀螺，便和小伙伴们酣战起来。因为打陀螺找不到牛，或者牛吃了别人家的庄稼，老五舅没少受大人的责罚。

不放牛的时候，老五舅更是陀螺场上的活跃分子。外婆屋前的院子宽，邻里的小孩们经常会聚到一起打陀螺，作为"主人家"的老五舅自然不会缺席。他个子小，但陀螺打下去，随口发出的"嗨"声引人注目。

就这样，一个爱"哼歌"和爱讲俗语的放牛郎、一个勤劳朴实的砍柴娃，一个生龙活虎的陀螺高手，成为少年老五舅定格在我心中的形象。

那时的我们绝不会想到，甚至外公外婆也不一定知道，老五舅竟是一个有"病"之人。

三

老五舅的"病"，据说是在外公外婆去世后发作的。

那时我因外出读书，已很少有时间去外婆家，也几乎没有机会和老五舅接触了。假期中偶尔见面，也就打声招呼，自顾忙他的去了。我不知道他还哼不哼歌，也不知道他是否还打陀螺。

记不清楚是在什么时候，外公外婆在相距不到一年的时间里先后去世，外公在前，外婆在后，可谓祸不单行。

听母亲说，外公外婆去世前几年，老五舅就越来越沉默，不爱说话。外婆去世的时候，他还有些生气地自言自语道："你去死！你去死！"之后，他又多次跑到双亲的墓前独坐，良久不语。

外公外婆去世后，老五舅跟了他的兄嫂一起生活。这个时候农村已通电，不再需要砍柴割草，老五舅每天的任务主要也还是放牛。刚开始还没明显异常。渐渐地，他要么把牛赶到山上，往树上一拴，自己去玩了；要么是人回家了牛没回来，有时则是到了很晚人没回来牛也不见影。兄嫂不放心，牛也不再让他看管。

接下来的情况是，他每天一早出门，到了吃饭时间才回家。再后来，他连吃饭也不大回家了，就在街上瞎逛，向人伸手要钱要烟。开始只向熟人要，后来是熟不熟他都伸手要。

他要钱有个特点，十元、百元都不要（或许是不会用），只要一元，也不知道他拿去买了什么，也不知道人家是否蒙他。

几个舅舅都是农村人，靠种地吃饭，每家都有孩子需要养育，每家都有一大堆没完没了的事情要料理，加之老五舅行踪不定，自然顾不上他的冷暖。他就这样四处游荡，在一个世俗的乡村社会里，受过多少白眼甚至欺凌，不说也知。

据说这次意外摔死，有人看见是他的"同类"，一个身体强悍、被正常人欺负却也常欺负弱者的哑巴把他推下高坎的。但因没人站出来作证，自然无法追究谁的责任。退一万步说，就算有人作证，指认了哑巴，那也是个四处游荡、也许还是个无家可归的主，你又能拿他怎样？

他的死，也就成了一道无解之谜。

四

这些年，我与老五舅为数极少的几次相见，都是在二弟家。

我坐在门口，他走过来，伸出手，就一个字："钱！"也许他知道我不抽烟，从不问我要烟。但他会问我二弟要烟，问正在抽烟的人要烟。也不死缠，给了他就走，你说没有，他也很快走开，从无二话，不现喜怒。

脏、瘦、黑、木讷，出现在我面前的老五舅与我记忆中的那个少年判若两人。

大舅告诉我的一件往事，让人想起来心酸。

两三年前，老五舅在路上行走，被一辆装货的车辆撞伤大腿，血流如注，他居然一点反应都没有，仅仅是在医院抢救时轻轻地哼了一声。病情刚刚稳定下来，还躺在病床上，他便伸手问人要烟。站在床边的大舅把身上所有的烟抖给了他。他吸着烟，两眼无神地望着天花板，没有一言一语。他在想什么？还是什么也没想？

这样的"镜头"，的确令人神伤。

五

老五舅死了，他的兄长们按照当地习俗给他办了隆重的丧事。

我从上海大老远地赶回老家奔丧，眼前的"风光"与其生前的落寞，让人感慨。

时值 2016 年的国庆节。普天同庆中，众亲悲鸣。

我的思绪掠过热热闹闹的场景，长眠的老五舅生动活泼的少年形象和他略带口吃的俗语鲜活在我的记忆里：

"月亮光光，姊妹烧香，烧到王大姐，气死满姑娘……"

（2016 年 10 月 8 日）

长 歌 当 哭

一

三月的一个夜晚，我莫名其妙地失眠。第二天晚上，又莫名其妙地有些胸闷。第三天早上醒来的时候，心中怅然，总有一种很不妙的感觉。

有人说，这是一种感应，预示至亲中会有重要事情发生。

果然，刚到办公室不久，就接到侄子的电话，说大舅公一早去世了，二姨奶也快不行了。侄子说的大舅公，我喊大舅，他的二姨奶，我喊二姨娘，他们都是母亲的亲弟、亲妹。

我正沉浸在失去大舅的悲痛中，又看到二弟发在家人微信群里的消息：姨娘也走了！

而姨娘的"走"，据说是躺在病床上听到子女说的一句"大舅去世了，二舅在工地上被石头砸折了腿！"喉咙突然卡住，再也说不出话来。几小时后，她也撒手离去。

去年母亲病重住院，我多次回去看望，几乎每次都在医院遇到大舅、二姨娘，他们都是来看望母亲的。八月底，母亲去世的时候，大舅、二姨娘也都到场，陪着我们子女，共度那段痛苦时光。那时大舅能走能动，也没看出有什么严重毛病，姨娘也还做着家务，有时还背点蔬菜去卖，不像是有病的样子。没想到才过去几个月，他们也追随而去，三姐弟在天国相聚。

真是造化弄人！

二

在母亲的几个弟妹们中，我和大舅接触最多，印象也最深。

那应该是在"文革"中后期，还没进校读书的我常随父母去赶集。看到人流拥挤处，一大群人围成一圈，听一个身形瘦高的年轻人站在凳子上演讲。他讲完，下面鼓掌，然后又接着讲。讲累了还有人递水给他喝，递毛巾给他擦汗，整个过程秩序井然，没有影视剧里看到的那种大吵大闹的情景。那个站在凳子上演讲的人就是大舅，他是区中心学校的民办教师。上级要求组织师生走上街头宣传"毛泽东思想"，这样的任务就落到了大舅和几位年轻教师身上。

后来我进了大舅任教的小学，也成了大舅的一名学生。他上政治课，虽说不上很高的水平，但他娓娓道来，也算生动有趣，同学们都很喜欢听他的课。大概是在五年级的时候，有一次学期考试，时事政治中有一道题目是：《毛泽东选集》第五卷是什么时候出版发行的？这个题目原本背过，也记得住。可一位外号"保丁"的同桌小声告诉我，他爸爸单位是哪天哪天发的，正确答案应该是那一天。保丁的爸爸是个干部，干部儿子说的话自带几分权威。我几乎没有犹豫就填写了他说的那个日期，还满以为拣了个大便宜。负责监考的大舅走过我的旁边，轻轻掐了一下我的手臂。可惜我榆木脑袋，没有领会大舅的意思，白白答错了一道题。

事后我才明白过来，一本书的出版发行和这本书发到读者手里根本不是一回事。

三

大舅不仅教书认真，还擅长拉二胡、吹笛子。

按说他们家经济不宽裕，外公外婆也没什么文化，大舅没有条件拜师学艺，真不知道他是从哪儿学来的。而且不光是大舅，二舅也会。那些年，每到外婆家，我特别期待夜晚的来临。因为这个时候，忙碌了一天的大舅或者二舅会摆开架势，吹上几曲笛子或拉上一阵二胡。笛声悠扬，二胡缠绵，让寂静的夜空变得热闹无比。

因为二舅一直在家务农，他吹笛子、拉二胡也许只是消减疲劳的一种方式。大舅则不同，他不光在家里玩玩，还登上了区、县各种文艺演出的舞台。印象中，凡有文艺会演或其他"主旋律"宣传活动，总是少不了大舅的笛子或二胡表演。有时是他个人独奏，有时是与人合奏。他的全情投入，引来阵阵热烈的掌声。

每个时代有每个时代的音乐，大舅时代的音乐，大都打上了"革命"的标签。《小小竹排》《翻身农奴把歌唱》《浏阳河》《红梅赞》《催马扬鞭运粮忙》……一支支曲子在他的弦里迸发，从他的笛管流出，那么清新，那么自然，那么明快，那么令人陶醉。

四

我进中学后，大舅不再是我的老师，但他的关心我时刻感受得到。

大舅是我们这个家族中公认的"文化人"，明事理、有威信、会说话，亲戚们有点什么棘手的事情都会请他出面解决。别的我记不住，我知道弟弟、妹妹出来打工后，他们在老家的新房子，就是大舅一手帮忙买过来的。从寻找房源到谈妥价格，再到房屋过户，大舅操够了心。

于我而言，最难忘的是这么一件事。高中毕业的那个夏天，我百无聊赖地待在家里等待高考结果。眼看别的同学陆续拿到了录取通知书，我急得像热锅上的蚂蚁。突然有天晚上，大概十点钟光景，村里一位人称"龙大公"的老人来到家里，向我传达消息。说他刚从镇上回来，政府让他带话，根据党的政策，我考上了司法干部管理学校，要我赶快到地区司法局一趟。农大公大概喝了点酒，说话有点啰唆，但具体去做什么不清楚，去找谁也不清楚。只说八月三十一日是最后期限，那天是八月二十九日，而且已是晚上，只有两天时间，十万火急！

父亲连夜去请大舅来家商量，母亲则找邻居筹集路费。一切就绪后已是天亮，我随大舅到镇上赶班车前往省城，又从省城转火车到州府。那时从老家到省城没有高速公路，坐班车要六七个小时。那时也没动车、高铁，从省城到州府火车要坐两个多小时。到达的时候已是晚上十点钟左右，只好先找旅馆住下。第二天上班时间到了司法局，才知是面试。局里过来两位干部，简单问了些问题，比如家庭情况、为什么要报考司法学校等，然后说对我的情况很满意，让我回家等通知，还建议我过省城时顺便去看看学校在哪里。但我等来的不是司法干部管理学校，而是一所师范专科学校的录取通知书，终与"司法干部"失之交臂。此中缘由后来有多种版本解读，不知哪种说法接近真相。虽有千般不愿，但因当时的家庭状况，没有条件重读高考，只能听从命运安排了。

那也是我第一次坐火车，第一次去县城以外的地方。大舅带着我过马路、挤火车，一路都在奔跑，没有停下来看一眼城市的景象，他却不时地提醒我一些注意事项。我暗自佩服大舅，他怎么就那么在行（懂行）呢？

重要的是，通过那次来去匆匆的面试和后面事与愿违的结果，我开始思考人生，开始用理性的思维看待生活、看待周围的人和事，也就开始"长大"了。

五

我已记不得大舅是什么时候离开教师队伍的，只听说改革开放后，国家要实行清退制度，通过考试让民办教师逐步退出历史舞台。大舅虽然考试成绩还不错，因为超生一个孩子，他没能转正，不得不卷铺盖走人，十几年的付出就这么一笔抹掉。

过惯了"清闲"日子，大舅回到农村无所适从。到朋友的地板厂做过管理，也跟人出去跑过一段类似代购的生意。钱赚得不多，但他应该是乐于这样的生活状态的。每次见面说起他在外面的奇遇，引得我心里痒痒的。那时我刚参加工作，没见过大钱，他说经常揣着几万块钱走夜路，我会吃惊地问："天，这么多钱，怎么带呀?"心里越发佩服大舅。

这样的日子不知道持续了多久，大舅突然就不出去了。好像说是被人骗，生意做亏了什么的。加上常年在外奔波，饱一顿饿一顿的，家里也不放心，就回来不走了。

大舅到底是个"文化人"，不会老是闲着。他被选为村委会主任，又为村里的各项事业忙乎起来。他平时就骑个自行车东奔西跑，后来买了辆摩托，没骑多久却出事了。那天他骑着摩托去给一户村民调解纠纷，回来已是晚上，一脚不慎掉进了沟里，抢救过来后再也无法恢复如初。尤其是眼睛，开始什么都看不见，后来才能模模糊糊看见一些东西。

上级组织给了他相应的关怀，子女们也孝敬有加。但始终没能延展他的生命长度。三年前舅妈去世后，他便变得沉默寡言，长时间黯然神伤。但我真没想到他会走得那么快。

十几天前的一个凌晨，他从病床上打来电话，说他胃不好，让我找上海的医生问问能不能换个胃。我只听说过换肾，没听说过可以换胃。但既然大舅求到，我就不能敷衍搪塞。我先问了表弟表妹，说他是结肠癌晚期，胃痛是因为包块挤压所致。然后又郑重其事地问了上海的一位资深专家，得到的明确答复是不可能换胃，而且到了这个程度，切肠手术也变得没啥意义了。

我拨通大舅的电话，想安慰他几句，但他一直没接。也许是没听见，也许是不方便，也许是不想接。没接我就不再打了，我想他大概也能猜到结果，不用我亲口说出来，也许他会好受些。

而现在，一切已成往事。大舅一生劳碌，现在是彻底歇息了。

六

三月繁花开，正是春忙时。

我千里迢迢从杭州赶回去奔丧，昔日那么亲近的大舅、姨娘已在另一个世界。

长歌当哭，哭声唤不回逝者的脚步。

那就把哭当歌，送两位亲人远行吧……

（2019 年 3 月 18 日）

父亲的复员证

父亲是抗美援朝老兵，生前两袖清风，死后也没留下什么值钱的东西。但有一件，在我看来十分珍贵，那就是父亲的复员证。

父亲大概是在 1953 年初入伍的。据他回忆，部队在山东半岛集训半年左右开拔朝鲜。当时随着停战谈判的深入，这场战争已接近尾声，大规模的战斗已经结束，但双方"冷枪""冷炮"不时响起。为防止以美帝为首的"联合国军"出尔反尔，再起烽烟，志愿军不敢掉以轻心，还是不断征兵，将前面的部队换下来休整。父亲所在部队和连续作战多日的兄弟部队进行了换防。也算幸运，他们部队换防后就没遭到过敌人进攻。因此，严格意义上讲，父亲并没经历过激烈的战场厮杀。唯一的意外是，一个冬日的夜晚，父亲在冰天雪地中站岗，不知是天气太冷还是什么原因，他竟昏倒在哨位上，被战友送到医院治疗，醒来时已是第四天。

1953 年 7 月 27 日，中朝军队与"联合国军"在板门店签署停战协定，结束了长达两年半的朝鲜战争。但为防止敌人卷土重来，也为帮助朝鲜人民恢复秩序，重建家园，大部队直到 1958 年 3 月才正式撤军，父亲在朝鲜整整度过了五年时光。

我小时候不懂事，老缠着父亲讲他的"英雄事迹"，他却说去说来都是邱少云、黄继光、罗盛教等。要么就是讲志愿军和朝鲜人民如何"鱼水情深"的故事。比如他说，部队以班为单位，分散住在某个村子里，战士们争着为老百姓干活，老百姓热心为战士洗衣做饭。隔一段时间，部队又要转移到别的地方去，大家都难分难舍。"阿妈尼"（朝鲜语，母亲，妈妈）拿来一堆细绳，连接在一起变得很长。孩子们则采来一朵朵美丽的"金达莱"，给战士们别在胸前。离别的时刻到了，"阿妈尼"和孩子们拉着绳子一头，战士们拉另一头，双方目视着，慢慢挪动脚步，眼泪吧嗒吧嗒地掉下来。直到绳子的尽头，战士们才含着泪水转身离去。通常，一百多米的距离，要走上半个钟头。而类似的情景，在部队班师回国的时候更是蔚为壮观……

父亲不讲他的"英雄事迹"，却从不吝惜把他知道的东西和子女们分享。他告诉我们，志愿军为什么要入朝？因为美帝国主义欺我邻国，扰我边民。志愿军到朝鲜做什么？抗美援朝，保家卫国。而像那首"雄赳赳，气昂昂"的《中国人民志愿军战歌》，那首"向前，向前，向前"的《我们的队伍向太阳》《三大纪律八项注意》等脍炙人口的"红歌"，也是父亲教会我的。父亲唱歌的时候，喜欢站着，目视前方，昂首挺胸。有时手里正好拿着"牛刷条"（赶牛的鞭子），唱完最后一句，他会用力一挥，仿佛战马嘶鸣，部队就要出征。父亲晚年的时候，尽管生活艰难，也常情不自禁地哼起这些老歌。听着父亲的歌声，我会想象当年作为军人的他是何等英姿飒爽。

父亲也常把他从部队带回的一些小册子让我们翻阅。具体名称已记不清，但有些内容颇有印象，比如"步兵条例""进攻中的战士""兵民是胜利之本"等。在我读中小学阶段，文化生活极度匮乏，加之经济困难，除了学校发的课本，我能够看到的书籍实在不多。父亲这些似书非书的小册子，也就成了我课外阅读的宝贝。我至今对战争题材尤其是反映中国革命的书籍和影视作品情有独钟，不能不说是与我早期的阅读分不开的。

现在想来，我小时候的所谓"不懂事"还极具破坏性。我把父亲的军用皮带用菜刀割短，自己拿来用。还把父亲的旧军裤从膝盖处剪断，当作"遥裤"（现在所说的休闲短裤）来穿。但实在太大，也太难看，我始终没敢穿出来，只在家里"嘚瑟"过几回。父亲知道后也不发火，只是把他认为最宝贵的东西藏得更好，以免损坏或丢失，他的复员证便是。

但我还是发现了他的复员证。用一个布包裹得严严实实，让母亲放在家里一个木柜的最底部，确实不大容易被发现。我发现是因为偶然看见母亲把过年过节才用的红糖放在了柜子里。少年嘴馋，父母不在家的时候，我时不时会摸出来舔上两口。光顾多次后，就发现了父亲的复员证。

印象中，父亲的复员证，全称是"复员军人证明"，和小孩子手掌一般大小。封面是红色的塑料壳，内页有父亲的一寸戎装照，职务是班长，军衔为中士，还有部队番号、入伍和复员时间等。落款是中国人民志愿军司令员兼政治委员彭德怀。手写体的"彭德怀"三字刚劲有力，尽显"彭大将军"气魄。既然发现了，母亲便告诫我，也告诫弟妹，那是父亲当兵的唯一纪念，千万不要动它。也真没有人动，一直由母亲保管着。我到高中的时候还看到过，那时父亲已病痛缠身，伛偻的身体与当初判若两人。我常感叹造化弄人，曾经那么英姿勃发的一名战士，何以变得如此不堪？！

前几年母亲去世，我因离家多年，不常回去，弟妹们也不太在意这些事情。当我再看到了那个复员证的时候，只剩下了空壳，内页不知所终，成为我心中的一份遗憾。

我曾问过父亲，为什么他叫复员军人，有些叫退伍军人，还有叫转业军人的？父亲显然没思考过这个问题，他说："复员大概就是从哪里来到哪里去吧。像我这样，从农村去当兵，最后又回到了农村，原来是农民，回来还是农民，退伍、转业有哪样讲究，我就不明白了！"父亲没有多少文化，当兵时精忠报国，复员后本分务农，不理解复员和退伍、转业的区别，也在情理之中。

后来我明白，父亲不讲他自己的"英雄事迹"，是因为他没有经历过真正的战斗，也没有遇上罗盛教跳进冰窟勇救朝鲜落水儿童那样的机会。没有英雄壮举，自然没有英雄事迹可讲了。如果遇到那样的机会，我相信父亲也会毫不犹豫舍生取义，从而成就一番英雄美名的。但也庆幸父亲没有遇到那样的机会，使他得以保全生命，平安归来，否则我们这个家族的历史可能又是另外一种情形了。

如今，抗美援朝的硝烟早已散去，父亲离开我们也已多年。时光带走了许多东西，却带不走我的记忆。每当想起父亲，就会想起他的复员证。那个红色封面的小小的本子，那是军人的荣耀，是父亲的骄傲。

那个小小的复员证，承载了一代人的使命与责任，也激励着后世人们不忘历史、坚实前行……

（2021 年 6 月 11 日）

母亲的最后时光

一

2016 年 10 月，秋风萧瑟，连续好几天的干冷。

清晨醒来，母亲突感肚子疼痛，被送到医院检查，说是癌症晚期，而且正在扩散，如不马上手术，会有生命危险。

性命攸关！

二弟情急之下，征求兄弟姐妹及母亲本人意见后，将她送上了手术台。

母亲十多年前在温州查出一个 6 厘米大小的直肠纤维瘤，手术切除后，靠着药物辅助和她良好的生活习惯，生命得以延续下来。回到贵州老家的几年中，虽然病情时有发作，但基本上挂挂盐水、吃吃药就好。因此，我们希望这一次手术，也能使她逢凶化吉，再次创造奇迹。

但奇迹终未出现。

手术过后没几天，她因疼痛难忍住进了县医院。检查的结果是，手术未能阻止癌细胞的扩散，相反，扩散得更快。因为年龄大，体质不好，又刚做过手术，不能再次开刀，只能保守治疗。每天吃药打针，稍微稳定就出院，出院没几天又进去。按照医生的分析，病情已无逆转可能，活长活短全看她的造化。

自此，母亲进入生命的最后时光。

母亲 75 岁时拍的"全家福"

二

母亲的病情时轻时重、时好时坏，平时就靠二弟一家照顾，生活在老家的大姐和二妹也会抽空去看看。我和幺弟、幺妹分别在千里之外的杭州、温州工作。母亲住进医院的时候，有时是他们请假回去看，有时是我去。

时光进入 2017 年后，母亲住院变得频繁起来，我们兄弟姐妹回去探望的次数也就更多了。通常，我都是周五晚上乘飞机回老家，陪伴母亲两天。如果没什么大事，我又乘周日的夜班飞机返回杭州，周一正常上班。弟妹们请假回去一次不容易，每次回去都要待上个把星期才回。

母亲与我"小家"的最后一张合影

　　刚开始，大家都刻意瞒着母亲的病情，她也不问。母亲没有文化，对于缠上自己身体的病魔没有太深的认识，她相信这只是简单的老年病，不会致命。因此每次住院，稍微稳定下来，她就急着要求出院。甚至有时候发病她都不想去住院，希望在街道医院挂挂盐水就好。

　　奇怪的是，母亲每次病重，看到我们回去又会缓解许多。陪在母亲病床前，我们都尽量不谈她的病，也不谈自己的家庭琐事，只谈一些愉快的事情，以此转移她的注意力，减轻她的病痛。

　　但到后面，母亲脾气变得有些易怒。她会数落谁谁的不是，埋怨我们没把她送到大医院去治疗。"现在科学这么发达，哪有治不好的病？待在这县城医院，天天吃一样的药、打一样的针，当然没效果了！"她说。

　　她不知道，她的病情也是经省级医院医生诊断过的，吃的药很多都是大医院医生开的，甚至还有从国外进口的。事后有人说，如果不是我们那么费心，母亲不一定坚持得了那么久。

　　母亲最大的顾虑是我。在她的六个子女中，我居老二，又是她认为最有出息的长子，负有荣耀家族的责任，因此对我寄予了很高的期望。但我的所作所为，总让她感到不解，甚至不止一次地让她失望。记得我刚从中学教师岗位上调到县教育局工作的时候，母亲埋怨，当个老师好歹能对亲戚朋友的子女们有所照顾，不当老师，亲戚朋友们就指望不上了。我从教育局调县委宣传部工作的时候，母亲埋怨，在教育局工作，虽然不教书了，但好歹还熟悉几个老师，亲戚朋友们需要帮忙，也还能找得到人，离开教育局，连找人都找不到了。再后来我放弃公职，只身外出打工，母亲知道干预也没用，索性什么都不说了。

　　而现在，她也许自知不久于人世，忧虑重上心头。她担心子孙们不听话，不能自立，以后怎么过日子。她担心我背井离乡的，以后老了谁来照顾。

"你要是不出去，一直在老家上班就好了，退休了也有个保障！"
短短一句话，蕴含多少心疼！

三

母亲的病情，总是反反复复。而每一次反复，就又向危险逼近
了一步。

转眼间到了 2017 年农历六月初十，弟妹们从各地赶回老家，为
母亲提前过了 80 岁的生日。我因刚从老家回来，手头的事也多，没
有回去。但从弟妹们发来的照片和视频看到，生日宴上，面对亲戚
朋友们的祝福，母亲还是蛮开心的。

母亲的八十寿辰

紧接着是 2018 年的春节，分散在各地的晚辈们似乎都有什么预
感，纷纷赶回老家，陪母亲过年。除夕之夜，母亲心情很好，也没
说身体有什么不适。孙辈们一个个端起饮料敬她，她还乐得给他们
一一发了压岁钱。

第二天是大年初一，母亲状态很好，一直有说有笑的。在和大
家拍照的时候，架不住晚辈们的"胡闹"，跟着摆出了新潮的姿势。

那架势根本不像有病的样子。

母亲平时说过，算命先生说她阳寿 82 岁，但她想争取活到我们爷爷的年龄——87 岁。她想看到孙子辈的孩子们个个成家立业才放心离开。

我们也惊讶，莫非真有上天眷顾，让母亲好人好报，逃过这一劫了？铅一般沉重的心情，也在这一刻如释重负。

但没想到，这竟是母亲回光返照的片刻温馨。

这个春节，成了母亲与家人度过的最后一个整年。

除夕那天的欢宴，也就成了母亲 80 年人生的最后一顿年夜饭。

四

陪母亲过完了那个春节，我们又各自回到工作岗位上。总是三天两头给二弟发去微信，询问母亲的情况，一会儿说母亲在家门口坐着和隔壁邻居聊天，一会儿说母亲和某个亲戚上街逛去了。这让我们感到欣慰，以为母亲真的平安无事了。

可还没高兴几天，母亲又住进了医院。而且不像过去那样住个三天五天就可出院。医生也明确告知，这次估计是撑不过去了。

到了 8 月，母亲病重，格外想念在外的子女。幺妹先回去陪了几天，看她有些好转，就打算回公司上班。临别，母亲说了一句："恐怕你们去了还要回来啊！"

一语成谶。

幺妹 8 月 20 日左右回到温州，母亲 23 日再次病危。我连夜赶了回去，母亲已陷入长时间的昏迷。等她醒来，问她愿不愿到医院看看，她点头。于是送到医院，挂了几天盐水，稍微有所缓解，她又提出回家。农村有讲究，老人不能死在外面，我们知道她担心的是这个，所以只能遂了她的心愿。

8 月 25 日，幺弟、幺妹一家从温州赶了回去，老家姐弟和二妹都在场，许多亲戚也都帮忙照料。等到 27 日，看母亲意识清楚，也能少量进食，估计一时半会儿不会有什么危险，我便连夜飞回杭州，并时刻关注着母亲的消息。

回到公司，我心不在焉地上了一天班。28 日晚上 8 点多，接到幺妹的电话，传来的都是哭声，说母亲长睡不醒，喊不答应了。我安慰了弟妹几句，赶紧订了第二天上午的机票回去，希望这次又是虚惊一场。

可一切已晚，因为我这么自私地一别，竟成了与母亲的永别。刚放下妹妹电话不到一个小时，电话再次响起。母亲已逝，悲声戚戚！

我不擅长写诗，却哽咽着，以一首《哭母亲》的小诗，记下了那一刻的悲痛：

这一天的日子很慢很慢
这一夜的天空很暗很暗
天崩地裂的一瞬间
我的心连同这个世界一起打翻

2018 年 8 月 28 日 21 时 9 分
怎么看都不像是个可恶的时点
母亲的生命
却在那一刻终结

我常琢磨人生是个什么东西
特别是在陪伴母亲的那些天
我也常思考生命的长长短短
特别是在母亲离去的这个夜

从生到死自古皆然
有人一世风光
有人生来默默
差别或许就在这生死之间

母亲辛劳一生
少时贫寒成年奔波未老病来缠
数不清的苦与累
幸福何曾多那么一点点

有道是
世事无情
说什么苦尽甘来天公地也道
却往往苦无尽头乐有边

恨只恨
我辈无能
不说什么养儿防老
其实是父母为子女们把心操遍

母亲啊
这一路您走得太急
还没有来得及歇上一歇
便又到了终点

苍天啊
你何苦这般吝啬
让母亲来去匆匆

转眼之间成永别

想天再借一百年
让母亲走得慢一些慢一些
我要把母亲看个够
还要陪着她把这世界看遍

而此刻
我欲哭无泪
无语凝噎……

（2020 年 1 月 19 日）

第二辑

○ ○ ○　愿做一根草

我随手写下自己的心愿："让所有的遗憾和伤痛都随风而去吧。2020，我愿做一根平淡、无忧的草……"

"初老"的壮行

清晨的阳光，暖暖地照在脸上。萧萧北风也似乎慢下了脚步，一改往日刀割似的凌厉，变得轻柔起来。

3月2日，北京通州，漕运码头。阳生、赵乐强先生与前来送行的朋友们依依话别，开始了他们"走读运河"的壮行。

他们一个是1957年出生的著名政治学者，一个是1955年出生的退休官员。一个供职首都北京，一个安居温州乐清。一北一南，却志同道合，惺惺相惜。阳生说："我们这样的年龄，说老不老，说年轻已不年轻，如果把年轻人徒步、骑行之类的举动称作'青春的疯狂'，那我们可叫作'初老的疯狂'吧！"

说起"走读运河"的缘起，赵乐强说，自己一直希望有一次"说走就走"的体验，而最想走的就是京杭大运河，那是世界最古老的运河，也是中华文化地位的象征之一。若能沿运河行走，寻古迹，看人文，写写一路的感受，该是多么快意的事情。但过去忙于工作，放不下，走不开，心向往之，身不由己。现在退休了，了无牵挂，便想把多年的夙愿付诸行动。他将自己的想法和老朋友阳生一说，竟然一拍即合。身为政治学者的阳生，不仅研究政治，而且对自然、人文之类的东西同样抱有浓厚兴趣。他的兴趣可不是纸上谈兵，尤重身体力行。他说，他的人生有三大愿：走运（运河）、跑马（马拉松）、登喜（喜马拉雅山）。据说，他的"行走"开始于十多年前，他利用业余时间，徒步走了很多地方，每走一次，少则十数里，多则百余里，身心俱悦，乐此不疲。而在群众性的马拉松赛场上，他也是常客。不为获得名次，只为挑战自己。而这次，有老友相伴，他们要一起"走运"了！

在出发前的一次座谈会上，两"初老"满肚子的运河故事，说得我等心中痒痒，恨不能马上放下一切俗事，"红尘滚滚，潇潇洒洒走一回"。可见他们已做过许多功课，并对这一路旅程胸有成竹。阳生教授说，他们之所以叫"走读"，是为了区别于人们常说的"驴行"。驴行，从某种意义上来说，还主要体现在健身的层面，挑战的是自身的体力、毅力。而走读，更多的是思想的交融，他们要通过脚步的丈量，通过亲身的观察和体验，给自己来一次心灵的洗涤，也给世人一种不一样的启示。

按照事先规划的线路，他们的走读从北京通州"开篇"，将历时两个月，经过北京、天津两市，及河北、山东、江苏、浙江四省，行程一千多公里，最后在钱塘江畔的浙江余杭"收笔"。

为和朋友们及时分享一路心得，赵乐强专门开设了自己的微信公众号"丝语筑"。老赵解释说，这隐含的意思是"丝丝细语筑起一段心路历程"。本想低调处理，但家乡媒体热情约他开设专栏，推辞不掉，便想取个有趣的化名。他先想到的是"默守"二字，取"山开两翼，默守一方"之意，寄予他对自己家乡的无限情怀。但有人打趣地说，他怎么看都神似《亮剑》中的李云龙，不如就叫云龙，沾点英雄喜气。他想了想，很有意思，但名字叫云龙的人不少，还不能单起"云龙"二字，免遭别人误会，要不就叫"云龙兄"吧，既是调侃，也有自我勉励之意。

"阳生"也是个化名，意指他们的走读开始于阳春三月，万物复苏，可谓"好雨知时节，当春乃发生"。我不太明白这位"初老"为什么要用化名，猜猜也可能是想低调行事吧。而在我看来，化名也好，本名也罢，都只是个符号，并不那么重要。重要的是，他们这种执着的走读精神，这种洒脱的人生态度，真的很励志，很让人钦佩。

前来为二位"初老"送行的人还真不少，有北京当地的，有来自天津的，有来自温州的，还有一位是来自西藏的年轻活佛。我不知道他们是怎么认识的，但我相信，人生相逢，总有因缘际会，每一次握手的背后，都有值得珍藏的故事。

不是"长亭外，古道边，芳草碧连天"，却是"通州城外，漕运河边，新朋旧友满别情"。这一刻，大家又是合影，又是祝福，还陪着二位"初老"走了好长一段路。

"阳生"教授挥手作别，并相约："钱塘江见！"

"云龙兄"则握着正泰集团副总裁陈建克的手，用一首七绝道出了他此刻的心情：

总愿太阳日日新，太阳下面欲行人。

钱塘君说三千里，每步向前都是春。

（2017 年 3 月 2 日）

一声谢谢，在心里藏了十八年

有一天，我正为一件事情闹心。

那是几年前，一位相识多年的朋友在创业中遇到困难，找上门来说了一大堆的好话，请我无论如何帮忙周转一下。我在自己并不宽裕的情况下，亏本卖掉手中的股票，给他凑了几万块钱，可钱一到手他便没有了下文。其间问过几次，他总是支支吾吾，王顾左右而言他。而最近想起来再打他电话，居然还换了号，连我的微信也被他拉黑了。这能不让人闹心吗？

恰在这天，正泰公益基金会的 Lucy（露西）女士打来电话说起一件事，一位名叫高慧慧的女子经人介绍找到他们，说她曾是正泰公益基金的一名受助者，大学毕业后自主创业，如今有了一份不错的事业和家业，很想到公司当面说声谢谢。但从女子叙述的时间来看，当时正泰公益基金会并未成立，翻遍受助者名单，也找不到她的名字，所以 Lucy 问我是否知道情况。

我也不知道情况，正泰这些年资助者众，完全出于公心，从来没想过要让他们回报什么，而且这些事情也不是我经手的，我哪里会记得。但我对她知恩图报的精神很赞赏，也对她的经历很感兴趣，便通过 Lucy 约见了她。

"80 后"的高慧慧，看上去非常干练，入时的穿着、清晰的谈吐、阳光的面容，一点也看不出曾经因贫困而自卑的模样。我带她参观了正泰展厅，给她介绍了正泰的发展，然后在芳香馥郁的"泰时光"咖啡吧里品茶，也品她的故事。

她自云浙江江山人，父母生养五个女儿，没有儿子，便把年龄最小的她和同村一户有两个儿子的人家做了交换，那户人家的小儿子成了她父母的儿子，她则成了那户人家的女儿。养父母家非常贫困，勉强让她读完高中，因为她平时成绩也不怎么好，根本没指望她能考上大学，而且明确表态，考上了也供不起她。她呢，就带着试一试的心态上了考场，没想到歪打正着上了浙江树人大学的录取线，还是个好专业。考上了就想去读，家里拿不出学费，虽然亲舅舅给了她一点支持，但还是不够。学校还算人性，给了她欠着学费就读的机会。但把欠费学生的名单贴在校园里，每次她都低头走过，生怕别人看出她内心的自卑。有一天，班主任突然告诉她，有家叫作正泰集团的企业资助了她2000元，这学期的学费够了。看着自己的名字从欠费名单里消失，心里充满了喜悦，暗下决心一定要好好学习，不辜负这家公司的期望。

那是2000年，正泰公益基金会的确没有成立。作为浙江省首家非公募基金组织，这个基金会是2009年才注册成立的。但在我的记忆里，正泰曾出资1000万元设立"浙江省贫困大学生助学基金"，应该就在2000年前后，她是不是这项基金的受益者就不得而知了。

在当今大学，2000元是顶不了什么事的，大一过了还有大二，大二过了还有大三、大四呢！但她却从这2000元里感受到了人间温暖，也从中找到了人生进取的动力。据她说，大二的时候，他们班的组织委员到外面给她拉了一笔赞助，班上除她之外的30名同学慷慨解囊，为她捐赠了3000元钱。然后她靠着助学贷款以及勤工俭学的微薄收入，最终以优异的成绩完成了大学学业。

"大学毕业的时候，我还欠着银行3万多元！"她说，毕业后的头两年间，她靠打工还清了贷款，离开银行的那一刻，高兴得几乎是"跳"着出来的。之后，她自办设计院，有了自己的团队，承接各类规划设计和景观设计。专业加敬业，使她很快在这个行业里脱颖而出。随后又受聘担任一家公司一个 5.05 亿元项目的总经理，同时受邀负责浙江大学一个休闲农业产业研究院的日常工作。她在老板和职业经理人的角色之间自由切换，干得风生水起，财务状况自然也是今非昔比。在事业与生活的精进中，她常想起过去艰难的岁月，想起当初正泰集团和许多好心人士对她雪中送炭般的资助。她想，人要心存感恩。现在自己有条件了，也应该主动帮助他人。她的员工都是来自全国各地的小年轻，她从来不把他们当作打工挣钱的雇员，而是把他们视为自己的兄弟姐妹，在生活上尽量给予关照，还帮助他们进行人生规划，鼓励他们树立远大理想。她觉得这也是她对社会的一种回报。同时，她也想有机会亲自到正泰表达她的谢意，并为正泰做点力所能及的事情。

我问她印象中的正泰是什么样的，她说原来只知道是个生产开关的企业。今天实地参观后，比她想象的要"高大上"得多，正泰对社会的贡献令她钦佩。她要以正泰为标杆，在努力办好自身企业的同时，积极参与公益慈善事业，把爱心传递下去。

临别，她还再三地说着感谢。

…………

一个是失信于人的"老朋友"，一个是对企业知恩图报的陌生女子。这样的反差，怎不叫人感慨万分！

（2018 年 8 月 15 日）

悟从庄上来

悟从庄上来，庄是石家庄。背景是在这里举行的一次企业文化与内刊实务交流培训会。

这次会议由碧虚网、中国服务文化网、《金凤报》编辑部共同主办，地点选在《金凤报》所属的石家庄洛杉奇食品有限公司总部。来自石家庄、承德、沧州、邯郸等地的二十多家企业及单位三十余名代表参加了活动。

按照议程，上午参观君乐宝、洛杉奇两家公司，下午先由东道主领导致辞和汇报，然后是企业交流，最后是专题培训。可人员到齐后，主办方临时通知，因为特殊情况，公司领导的致辞和汇报调到上午第一项，其他依序进行。随后便见洛杉奇食品有限公司董事长兼总经理李宗力先生走进会场，谦和地对大家说："非常抱歉，本来想下午再来看望大家的，碰巧今天是我父亲85岁的生日，我们兄弟姐妹都要回去陪他过，一大早我87岁的母亲已打了好几个电话来催促，所以我先来和大家见个面，然后马上赶回去，后面的活动由我们公司的两位领导全程陪同！"在接下来的发言中，李总的电话再次响起，显然又是他母亲打来的。他耐心地接起电话，附在耳边轻轻地说："我马上就回来了！"

李总的位置和我的隔着两个人，我能真切地感受到他语气里的温柔。

李总起身离去后，洛杉奇公司工会主席郝孟刚、副总经理梁春菊分别汇报了公司发展和企业文化建设情况。"我们李总是个大孝子，每年他的父母生日，他都要回去陪陪他们。有时遇到紧急事务实在赶不上，过后都要专程回去表达一份孝心！"两位老总说起李宗力，发自内心地敬佩。

从他们的汇报中发现，洛杉奇公司一直重视人的因素，强调以人为本。旗下两大品牌"金凤""洛杉奇"，专业生产"金凤扒鸡"禽类制品、洛杉奇肉类制品、面食制品等三大类两百多种产品。他们围绕人的健康，从食材选择、辅料配制、工艺创新等方面做了很大努力。尤其是金凤扒鸡，原创于1908年，迄今有110年的历史，是食品界屈指可数的中华老字号。中间曾因多种因素多次易手，经营受到严重影响。李宗力接手后，着眼市场，从人抓起，着力提高人员素质、增强人文关怀、推行竞岗轮岗制度等，让一家百年老店焕发新的生机。在金凤扒鸡数十道工序中，每一道都各有讲究，每一道都一丝不苟，其中蕴含的工匠精神可见一斑，其传统手工制作技艺据此被列为省级非物质文化遗产。在洛杉奇公司金凤工业园区实地参观中，琳琅满目的产品、精益求精的产线流程、极富人性化的管理方式，都给我们留下了深刻印象。

在当天的专题培训中，金融界网总编辑贾启勇先生讲了《新闻写作能力的深度提升》，中国服务文化网总服务师陈步峰先生讲了《企业文献的发展趋势与编辑人员的素质建设》，我讲了《媒体新格局下的企业传播》。虽然各有侧重，但我们都强调"准确定位，内容为王"。我们的共识是，无论趋势如何变化，无论介质如何创新，企业文化服务企业健康发展、促进员工健康成长的功能不变，企业内刊传承企业文化、弘扬企业精神的使命不变。洛杉奇公司秉持的理念是"传承不守旧，创新不离宗"。这个"宗"，体现在企业文化和企业内刊上，一是它自有内在的规律，二是它具备不可替代的特质。任何创新、任何形式上的变革，只有不离其宗，做好发展定位，精心策划好内容，才会具有旺盛的生命力。

　　讨论中公认，一个企业的文化首先是老板文化。老板倡导什么、践行什么，就会上行下效，形成这个公司的行事风格和文化品性。而好的文化教人向善，百善孝为先。李宗力身上自然体现出来的善行、孝心，与该公司"感恩、关爱、共赢"的价值观一脉相承。再看看我们当天参观考察的乳业明星企业君乐宝公司，他们的司训是"至诚、至善、至爱"，可谓异曲同工。

　　回头想想，这次交流培训活动给我印象最深刻的，当属李宗力先生匆匆赶去参加他父亲生日的情景，那份不露痕迹却让人心动的"真情文化"。

　　这也是我这次石家庄之行得到的最大感悟……

（2018 年 11 月 4 日）

在合肥讲一场关于人生的故事

　　说实在，不太记得自己是否到过合肥了。说到过吧，分明没有印象。说没到过吧，这些年全国大城小市地走了不少地方，怎么会漏掉这么重要的省会城市呢？不过，以往多数情况是随老板出差，直奔目的地，办完事就走，很少有停下来好好感受一下的机会。这就有了来过合肥的可能，只是走马观花，或者仅仅是路过，没有印象也就正常了。

　　但这一次，我确信不会忘记。

　　那天的日子很特别，2018 年 11 月 1 日，"111"，形似三条光棍汉，这样的日子可不多见，所以容易记得。我受北京碧虚文化传播有限公司邀请，在他们与安徽职业技术学院主办的"企业文化进校园"活动中做个讲座。头天到达的时候已是晚上九点多钟，碧虚公司合肥负责人张毅先生从火车站接上我，在前往宾馆的路上不时给我说起合肥的情况，比如天气、房价、环境等，也介绍了这次活动的背景。从他那里我了解到，现在的职院学生普遍不自信，担心在就业中没有优势，感到前途渺茫，所以请我们来和大家分享一下职场故事，给他们提提气、鼓鼓劲。这一交流，我心中便对这次讲座有了底。随后在张先生的陪同下，品尝了当地有名的"家乡鸡"，回到宾馆美美地睡上一觉，为讲座备足精神。

　　讲座在安徽职业技术学院图书馆学术报告厅举行，来者既有即将毕业的老生，也有进校不久的新人。学院图书馆馆长汪武先生亲自主持，北京碧虚文化公司董事长刘锦山亲自坐镇，足见双方对这次活动的重视。

在学生们期待的目光中，来自成都的赵剑萍女士首先登场。赵是一位创业有成的企业老板，也是个有经历有故事的知性女子，她的故事都浓缩在了"赵四小姐"的微信公众号里。赵四小姐自然是她自己，盖因在家排行第四之故。这个称号因为沾了张大将军那位"赵四小姐"的名气，加之文章确实写得不错，引来无数粉丝。据说她在各地的演讲，同样让人趋之若鹜。

她这次给学生们带来的题目是《生命的意义》，从个体意义、组织意义、生活意义三个纬度阐释她的主题，勉励学生们珍惜当下、珍惜拥有，不负青春年华，创造美好未来。她娓娓道来的讲述，引发了学生们对生命的思考，也给了我的演讲很好的启发。

接下来我的讲座，用了《玩转职场的五大法门》这样一个题目。"玩转"有点夺人眼球的意图，其实我自己也玩不转。但我玩不转，不等于我讲的方法不适用。就像一些经济学家说的，他们自己不会办企业，但企业家们听了他们的课，企业可能办得更好。我在台上给大家讲授玩转职场的方法，没准将来也会出现几个在职场上玩得风生水起的人。我在讲座中强调，初入职场要学会认识自己，要选择最近的目标，要有执着坚持的精神，要树立良好的心态，要在忍别人不能忍中提升自己的利用价值，培养自己在职场上的核心竞争力，并以此树立良好的个人品牌。好在有赵四小姐演讲在前，她的故事成了我随时引用的鲜活案例。如她所说，我俩的演讲互相佐证、互为补充，取得了相得益彰的效果。

讲座结束，赵四小姐要到山西农大，继续她的下一场演讲，我则急着返回杭州。我只向公司请了一天的假，必须按时回来，这也是我对职场规则的遵守。

赵四小姐和碧虚公司的陈荣女士把我送到火车站，匆匆话别。别时有风，风中带着寒意。赵四小姐戏言，我们这就"各奔前程"。

关于人生的故事，总也讲不完，在讲台，更在现实……

（2018 年 11 月 5 日）

立冬这一天，南怀瑾"回家"

2018年11月7日，立冬。天气并不冷，暖暖的阳光照在脸上，让人有种恍如春天的感觉。

这天上午，温州市三垟湿地公园有些热闹。鸟语花香中，来自全球各地的数百名代表聚在这里，见证温州南怀瑾书院的挂牌暨开放仪式。

南怀瑾是温州知名乡贤，也是当代著名的国学大师。17岁离乡求学，31岁离开大陆去台湾。之后迁居美国，20世纪90年代定居香港，尔后相继落脚上海、江苏。2012年9月29日，这位蜚声海内外的睿智老人，以95岁高龄在他创办的江苏吴江太湖大学堂辞世。某种程度上讲，南怀瑾的存在，改变了世人眼中"温州人有钱没文化"的印象，大大突显了温州在中华文化版图上的坐标。在南老100周年诞辰之际，温州以创办书院的形式，将这位离家数十年的老人迎回"家"，并以此为载体，弘扬南老精神，挖掘温州文化资源，打造温州文化新地标，自然引起了方方面面的关注和重视。

书院建设分两期进行，目前已完工开放的一期工程称作蹈和馆，主要包括南怀瑾生平及翰墨展，多功能厅、办公室和接待室，具备展陈、办公、接待、小型讲学等。

我注意到，当天到场的嘉宾中既有南怀瑾儿孙，他的生前好友、弟子，他的家乡父老，也有来自执政机构的要员。中共中央统战部原副部长、全国工商联原党组书记胡德平，全国工商联原副主席、国务院参事室参事谢伯阳，温州市政协主席余梅生，温州市委常委、统战部部长施艾珠等齐齐到场，为书院揭牌。当然也有我的老板南存辉，他是全国政协常委、全国工商联副主席、正泰集团董事长。但在今天这个场合，他还有一个特殊的身份，他是南怀瑾的族侄。他们的上代人曾经同村，后来搬离。在很长一段时间里，南存辉对他这位赫赫有名的族伯父只是耳闻，不曾目睹。直到 20 世纪 90 年代，南存辉随当地政府领导前往香港拜访南怀瑾，才得以相识。伯侄"相见恨晚"，之后的联系变得频繁起来。南怀瑾教他打坐，指导他学习《资治通鉴》，并赠予他"须知道义无价宝，切记富贵有尽期"的题字，对他的人生修为和企业价值观的形成，产生了深刻的影响。他经常说，办企业"赚钱第一、不是唯一"，做事业"不贪心、不偷懒"，告诫经营管理团队要心无旁骛"烧好自己那壶水"。这些在业界广受推崇的理念，无疑来源于南怀瑾的启发。所以，他对南怀瑾的敬重是由衷的，对南师文化的呵护与传播是用心的。温州南怀瑾书院的建立，自然有他一份积极推动之功。他还以正泰公益基金会的名义发起设立了"南怀瑾人文公益基金会"，用于对书院运营的持续支持。

我非温州人，我对南怀瑾的了解，源于老先生辞世后南存辉组织的一次讲述。他专门召集我们，深情回顾了他与南老的交往。为写相关文章，我也搜过南老讲课的一些视频来看，真心佩服他的渊博学识和幽默风趣的讲话风格。后来有机会到他的家乡乐清出差，还专程到他的故居观览，深为他从小志在四方，成名后无私报效桑梓的情怀所感动。所以，这次闻知南怀瑾书院揭牌，我是专程从杭州赶来"聊表敬意"的。

书院揭牌当日，还搞了一场颇具规模的百年南师座谈会。在各路嘉宾的发言中，我记住了三个关键词：一是自在。南老一生胸怀大志，也有大气魄，认定了目标说走就走，说干就干，带过兵、经过商、教过书、办过出版社，历尽艰难终有所成。重要的是他还在两岸和谈、金温铁路建设等大事件中扮演了重要角色，这样的人生，说来真是酣畅、自在。二是通透。南怀瑾自幼熟读诸子百家，成年后精通"儒、释、道"，又有多种经历，被人赞誉为"上下五千年，纵横十万里，经纶三大教，出入百家言"，看世界、看人生，就有了一般人达不到的高度。三是通达。打通才能抵达，南怀瑾学古不律古，注重学以致用，追求知行合一，打通了儒、释、道，以及人们生活的关系，所以能够用大白话深入浅出地表达出来，让没有多少文化的人也能听懂。打通了文化与经济、政治的关系，能在事关民生、国家统一等重要活动中一显身手。打通了学问与人情世故的关系，他能游走于各色人等之间，聚集起强大的人脉，为他的事业提供了有力的支持。

而最打动我的，当数现场播放的一段录音。南怀瑾自 1949 年离开大陆后，数十年未能回到乐清故土看望自己的父母、亲友。那种对家乡、对亲人的思念与日俱增。他在那段录音中说，每天晚上睡觉前，他都会想起远在家乡的父母。但关山阻隔，音讯杳无，他不知他们是死是活，心中满是惆怅。很多时候一觉醒来，枕头竟被眼泪浸湿一大片。说这话时，他声音哽咽，如泣如诉。

真真是，独在异乡为异客，自古忠孝难两全。

那一刻，我也禁不住眼眶湿润……

（2018 年 11 月 8 日）

这　个　年

一

我还没回贵州老家就有轻微咳嗽，还像小孩一样流鼻涕。种种迹象表明，我这是感冒了。从上海出发前一天，"死党"给我买来了止咳糖浆和感冒冲剂。吃完这些药，差不多也好了。

可偏偏又出现了反复。

住在罗甸县城大老姨家，先是他的女婿感冒发烧，接着是他的女儿、外孙感冒发烧，然后是我儿子感冒发烧。相处一屋，咳嗽声此起彼伏。一到晚上，不同房间传出的咳嗽声也成了不约而同的"协奏曲"。

腊月二十七，是大老姨公子新婚大喜的日子，我还能吃能喝。儿子更是海吃海喝，喝的虽是饮料，但因为冰凉，加剧了他感冒发烧的进程。

腊月二十八，我把儿子带去挂了盐水。第二天他已明显好转，我却应声中招，剧烈咳嗽起来。先是拿来几位后辈的药吃吃，但药不对症，不见消停，且有不断加重的趋势。腊月三十到妻妹家过除夕，路过药店买了点药，价格便宜得让人怀疑它的真伪。

果然，病情不降反增。在妻妹家的这顿年夜饭，亲朋满座，年味十足。但因妻妹夫也在发烧中，不能喝酒，我也不能喝，能喝的又要开车，似乎少了几分热闹。

子夜时分，新旧交替。小城爆竹声声，烟花飞舞。儿子扛着走了几条街买来的烟花，随着他表姐夫汇入这"不夜"的洪流。我则头昏脑胀，无心赏景，早早休息去了。

正月初一，是大老姨家的春节（当地布依族的过法），面对一年中最为丰盛的食物，我却没有任何胃口，一整天粒米未进。直到晚上，妻妹夫妇开车把我们一家送到边阳老家。

妻妹夫刚输过液，身体还在康复期，有点难为他。好在从罗甸县城到边阳并不太远，很快就到了。

二

见到弟弟，他带着我满大街找医院挂盐水，但镇上所有医院、诊所都已闭门谢客。只好到药店买了一盒消炎退热的冲剂。弟弟说："你给妈烧三炷香，再吃点药可能就好了！"

我照做，做完我便躺下休息。第二天，也就是正月初二，身体确实缓解了一些。于是，一家人上山给父母扫墓。站在母亲墓前，全身有一种无力感，更有一种伤痛感。回想几个月前，母亲还有说有笑地坐在我们面前，此时却已是阴阳两隔，内心不禁潸然。金庸说，人生便是"大闹一场，悄然离去"。不同的人，有不同的闹法。金庸的"闹"，自然是"修身、齐家、治国、平天下"，闹得酣畅淋漓，闹得举世皆惊，他的离去如一个时代落幕，让多少金粉扼腕叹息。母亲辛劳一生，默默无闻，为家人的生存而苦苦挣扎，她的"闹"，从不惊动世人，但却写照了大多数平民百姓最真实的人生。

随后来到大姐家，面对丰盛的午餐，同样没有食欲。我盛了一碗素白菜，食之无味，权当充饥。大姐用土办法给我调理，又是掐鼻梁，又是用煮熟的鸡蛋反复在身上滚动。然后指着满是褶皱的鸡蛋对我说："你看这么多寒气，还有些说不清楚的东西。"

　　但我始终还是不放心，想去输液，这样好得快些。初三要返回上海，女儿要一家人陪她体验绿皮火车，一天多的车程并不好受。于是再去镇上的医院，排了老半天的队，医生检查说，38.5℃，不算高烧，不用输液了，开点药带走吧。于是开了药及时服下。

　　初三返程的时候，体力已有很大恢复，提行李，找铺位，我又成了冲锋在前的"强劳力"。

三

　　由于身体不适，出门不便，加之不想打扰别人，在老家期间，我没和任何亲戚朋友联系。但还是有几位学生知道了我的行踪，约出来见了一面。

　　罗美英、苏才伦、杨远波、罗俊峰，我已记不清是哪一届的高中毕业生，但记得他们都是我学生中比较活跃的。那时我也就二十五六岁，比学生们年长不了多少，所以师生间没有代沟。记得有一次，学校开运动会。罗美英报了两个项目，第一个项目她取得了不错的成绩。第二个项目大概是个 800 米跑，我担心她连续比赛体力不支。本想劝她尽力就行，不必在意名次。但当她问我希望她跑第几名时，我却说："当然希望你拿第一，而且必须拿第一！"结果她不负众望，真的取得了那个项目的冠军，但累得当场瘫倒在地。当她喘过气来的时候，我问："干吗这么拼？"她说："不就因为你一句话吗？"那种为了老师一句话而拼命的信念着实令人感动。

　　岁月催人。时隔二十多年，学生们真诚犹在，但当年青春的脸上写满了沧桑。而从他们的身上，我也感到了自己生命衰老的脚步。几位学生都已是各自单位的部门负责人，是所属行业的佼佼者。但师生相聚，不谈工作，不谈理想，谈的是健康，是子女的培养问题。可怜天下父母心，一代一代操不完的心！

四

住在边阳那夜，三舅发起微信视频，聊了些家常，嘱我注意休息，早日康复。大姐也发来视频，说她已把白天给我滚过的鸡蛋烧了之后，拿去倒了"水饭"，祈祷父亲母亲保我平安。她说母亲生前最放心不下的就是我，死后意念仍在，怕是喊好成歹。今晚她已做了通排，我应该会很快好转的。

大姐所为，按当下的说法叫作迷信，我也曾经这么认为。但经历了许多事之后，我越来越觉得，人世间或许真有一种看不见的力量存在。人有病，除了积极医治，也不排斥另外的方式，所谓"神药两解"是也。

结果如上所说，隔了一夜，身体已恢复得差不多，并顺利地踏上了归程。巧合也罢，必然也罢，那份亲情，那张母亲烙印在大姐脸上的宽厚表情，温暖我心……

（2019 年 2 月 7 日）

春到成都去看她

春风年年，春又至。

我乘春风到成都，参加我们 LF45（教练式技术培训班编号）的五周末活动。

这次活动，酝酿有半年之久。之所以选在成都，是因为成都气候宜人，环境优美。本来就是个"让人来了就不想走"的地方，春天花下，又将是何等诱人。更何况咱们死党徐俊华热情相邀，早早安排了美食美景，怎能拂了他的一番美意。所以，刚开始响应者众，都想到成都来一场久别重逢的相遇。可临了，却因各自有事，脱不开身，到者寥寥。人虽少，活动还得进行下去。LF 的要义，可能站在不同的角度会有不同的解读。我的理解有"二心"：一是"善良的心"。不管他人如何待我，我自善待他人。不管世态多么炎凉，我自微笑面对。二是"勇敢的心"。人生当有梦想有追求，目标一旦确定，虽千万人吾往矣！

我因为上班，晚到一天。偏又遇上飞机晚点，到达已是凌晨。俊华、砚峰从机场把我接上，径直开到了老成都美食街一家特色烧烤店。先期到达的静虹、立根、陈艳、雪萍、巧妹等，都在那儿等着，疯一样地把我迎进店里饱餐一顿，给久馋成都小吃的味蕾来了次热烈"亲吻"。

次日上午早早起床，开始此行的"重头戏"，到敬老院做社会服务。这家敬老院地处成都郊区，平时也许少有人光顾。据说住在这里的 30 多位老人终身未曾嫁娶，没有子女，就是通常所说的五保户，有些还有残疾，艰难与孤独可想而知。我们的到来，令老人们欣喜万分。我们陪老人聊天，和老人拍照，给他们送来了日常生活用品，还现蒸热卖来了一场慰问演出。节目有舞蹈、越剧、笛子独奏，更有老人们喜欢的歌谣。《映山红》《北京的金山上》《草原牧歌》《让爱传出去》《父亲母亲》《想当初》……动情处，大家用手打起了节拍，一些会唱的老人还情不自禁地跟着唱起来。

那一刻，老人们开心，我们也开心。

与敬老院老人们相聚的时光

活动的另一重要环节是分享交流，地点选在了一家茶馆。浓浓茶香中，大家重温往日的体验，讲述生活的悲欢。有人说，这一年多时间中，学会了内观自己，看到了自身不足，坚定了人生方向；有人说，经历了许多后，懂得了做人做事的道理，变得更加理性，也更加自信；有人说，摆正了自己在家中的位置，家庭关系更加和睦；有人则说，知道了怎样服务客户打动客户，业务大有长进。

收获最大的可能要算东道主徐俊华，他说从课堂回到现实，一改过去玩世不恭的态度，工作、生活能量爆棚，不光是身边朋友，连生意上的合作伙伴都说他像变了一个人似的。这给他带来了许多机会，目前很多项目不敢接，做都做不完。知徐俊华者莫过"枕边人"。晚宴的时候，他年轻美丽的妻子揉着他的耳朵说："俊华变化确实大，现在会关心体贴人了。以前这耳朵很硬的，现在真的是我们成都人说的耙耳朵了!"引得大家笑声不绝。

作为教练代表的张辉帅哥分享的一个故事也让大家感动。说他们那一期有位学员是个地地道道的农村妇女，大字不识几个，性格内向，胆子也很小，跟人一说话就脸红。总教为了锻炼她，就让她负责每天的"心灵早餐"（就是发布一些"鸡汤"式的励志文学），她根本不知道怎么弄。但她一接手就从未断档，到现在已经坚持了770多天!

我们打从心里对这位"师姐"肃然起敬!

接下来的事还是"听话照做"，任由东道主"摆布"。游美景、品美食、泡温泉、逛夜市，既饱了眼福，又饱了口福，还增进了彼此的了解，获得了独特的感受。尤其是登临峨眉山的那个早晨，一路上雨雾蒙蒙，山间景致若隐若现。置身山中，如在云里穿行。行进途中，你看不见我，我看不见你；你耐心等待着我，我耐心等待着你。以致这一路攀登平生诸多感慨，我即兴写了一首小诗，记下了那一刻的心动：

细雨薄雾人群
排得长长的队伍
动辄一两个小时的苦等
那要多么大的耐心
我从未想过
会在这么一个有雨的日子
陪你走过条条山路
来看一道传说已久的风景
山路拥挤
走散是不经意的事情
前前后后地寻觅

怕就怕你走了我还在等
一群人走在一起本不容易
聚散离合也是人之常情
总期望留在一起的多一点久一点
而不是走着走着变成了陌生……

晨雾中的峨眉山顶

　　话说至此，聪明的读者想必已经知道，"春到成都去看她"并不是特指的某个她。我要说的是，除了作为人物的她（他）、她（他）们外，当然还有作为人文的、自然的一些元素。

　　一个春意盎然的成都，一个令人流连忘返的成都，不就是个美丽动人的她吗？

（2019 年 4 月 15 日）

心中有梦想，何以问西东

一

接到去郑州授课邀请的时候，我有些犹豫。

那天我正在成都参加我们 LF45 的五周末活动。按照以往雷打不动的原则，周末只要不出差，我都会回到上海陪伴家人。如果去郑州，意味着我将连续两个星期不能回家，心里总有点欠欠的感觉。

本来约了要和企业管理咨询专家赵剑萍女士在成都见一面的，但因我们活动日程太紧，没有见上。不光和剑萍没见上，诗人刘润东约好的一起品茶、吃火锅也没能如约。剑萍告诉我，她也接到了郑州活动的通知，希望我也去。成都没见着，就到郑州见，她有好多事情想和我交流。加上主办方负责人邢小兰女士力邀，盛情难却，于是我便赴了这场"郑州之约"。

主办方把这次活动的主题定为"企业文化理论落地实战研讨"。因为正值梦祥银纯银制品有限公司内刊《银饰界》创刊 100 期庆典，活动的主场也就放在了这家公司的总部。来的都是相关企业的文化建设及内刊负责人，还有郑州大学原校长、河南省中华文化促进会副主席高天星教授，《人民日报》海外网美国频道副总监、剧作家樊国新先生，《法制日报》融媒体资深记者高祥博先生等，也算是大咖云集。

为期三天的活动中，有考察有交流，可谓丰富多彩。我因要赶回杭州上班，只参加了星期六在梦祥银公司举行的主题研讨会，并在会上做了"企业文化：决胜市场的力量"专题讲座。

二

我在给大家分享的同时，也从大家的分享中获益良多。尤其是东道主梦祥银公司创始人李杰石先生的创业故事。

李先生少时家贫，经常吃了上顿没下顿。身为长子，高中没毕业就被迫辍学，靠打工养家糊口。当过搬运工，卖过水果，跑过夜市。因身单力薄，承受不了超负荷的体力劳动，也挣不了几个钱。一个偶然的机会，经人介绍，他结识了具有丰富铸银技术的民间艺人高师傅。也许是因为他的诚实可靠，也因为他的踏实肯干，高师傅打破自己"传内不传外"的规矩，对他倾囊相授，使他成为当地远近闻名的小银匠。后来，他办厂创业，怀着"让中国纯银制品享誉世界"的梦想，一锤一锤地将梦祥银打造成为银饰界的知名品牌，也造就了他"从小银匠到商界大佬"的人生传奇。他说，创业艰难，没有一个人是一帆风顺的。从办厂那天起，市场问题、品牌问题、资金问题、管理问题，无时不在考验着创业者的智慧和毅力。但在那些艰难的日子里，因为怀揣梦想，他便充满了激情，多大的困难也不能让他趴下。他的关于"昨天、今天、明天"的讲述，再现了一个创业者曾经的磨难、追求和向往，也见证了一个国家、一个时代的苦难与辉煌。

60后的李杰石学历不高，却喜欢写诗。他用地道的河南话朗诵了他在不同阶段写的几首诗，说那是他当时的"人生宣言"，而他的那些"宣言"都一步步得到了实现。他的诗被高天星教授赞为"带着泥土的朴实"，更被与会者称之"闪烁着一个创业者理想的光芒"。

我注意到，在李杰石先生讲话的时候，除了与会人员，还有一个人默默地坐在台下，以欣赏的目光注视着他，这便是他相濡以沫的妻子陆英霞女士。我在会议间歇陪同邢小兰女士采访李杰石夫妇的时候，问了李夫人一个八卦的问题："你们相识的时候，李董应该还没有开始创业，你是怎么选中这只潜力股的？"她笑说："是啊，当时他很穷，又不好看，可我父母说他人老实，靠得住。又是个银匠，有一门手艺，饿不着，我就这样跟他好上了！"

从左至右：北京碧虚文化公司总经理邢小兰、河南梦祥银纯银制品有限公司董事长李杰石、李杰石夫人陆英霞、本书作者廖毅

他们这一结合就夫唱妇随，不离不弃，一起经历了人生的风雨，一起度过了创业的艰辛，并一起迎来了雨后彩虹的好时光。李夫人用四句话概括她的婚姻信条，这就是："孝敬老人，丈夫有缺点包容他，丈夫犯错误原谅他，穷死不离婚。"她的这一信条在圈内传为佳话。

李杰石感慨："真的是，一个成功男人的背后，离不开女人的默默付出！"他认为，一对夫妻，就像企业的两个合伙人，要荣辱与共，祸福同享，不能轻易宣布"破产"的。

三

剑萍女士比我早到一天。她在头天的交流中做了"文以商道与狼共舞"的专题发言。第二天见到我就像久别重逢，聊了许多各自的近况。她比我年小很多，却不乏人生的见识与智慧。她就职业经理人如何塑造个人品牌、延展自身价值等问题，给我提了不少中肯的建议。

面对我因生活的某些不幸偶尔表现出来的颓废，她说："你知道谢晋吗？他多难啊，不是一样挺过来了？人生的榜样在那里，只要你心中有梦想，就去成就自己，无问西东。"

邢小兰女士也给我讲，她和丈夫经过多年打拼，也算有了不错的结果。现在年过五旬，有人劝她回家休息，别再那么苦了。她却开玩笑说，她天生就是给人"洗脑"的，不是待在家里"洗碗"的，所以她在兼顾好家庭角色的同时，一直在企业文化管理咨询的路上干得很欢。

的确，从李杰石夫妇到赵剑萍女士，再到邢小兰女士，以及我们知道的许多人物，成功者哪一个不是被梦想支撑、为梦想而活？

心中有梦想，何以问西东……

（2019 年 4 月 21 日）

一次装修给我上的人生课

有新房子装修，本该是件好事。但最近一次装修的经历，却给我上了一堂深刻的人生课。

2017 年的六七月份，我在杭州买了一套 Loft 公寓（一种层高较高的公寓）毛坯房，打算装修起来自住。先后找了几家装修公司，要么报价太悬殊，要么设计不理想，始终下不了决心。

一筹莫展之际，同事推荐了一家装修公司。他们家的房子也是这家公司负责装修的，从做工来看还算可以。他建议我也找这家公司谈谈。我想，既是同事推荐，应该会比较靠谱，当即和他们取得了联系。年轻漂亮的女设计员态度超好，拿出的设计方案也基本合意。和她一起来的市场部经理介绍起他们公司来，更是头头是道。我几乎没有犹豫就选择了这家公司，用很多人的话来说，"就这么愉快地决定了"。

可进入实施阶段，不愉快的事情接踵而至。

原以为隔层楼面由装修公司负责浇铸，但对方告诉我，他们的服务不包括这一项，他们也没有人会做，需要我们另找人做。而我人生地不熟，在装修方面更是小白一个，一时要自己找人来做这事确实犯难。热情的市场部经理自告奋勇给我推荐，我当然很乐意。推荐第一个，合同都已签好，却因临近春节，无人干活而作罢。再推荐一个，约定春节后施工，又因为天气不好等原因直到 2018 年 3 月 2 日才开工。与我签合同的人姓黄，前来接洽施工的人姓刘，当时以为刘就是黄的员工，也就没有多问，以致让姓黄的家伙钻了空子。

阳春三月，正是全国"两会"，我随领导在京参加会议。出于对装修公司的信任，尤其是装修公司那位市场部经理帮我推荐浇铸方时再三表示，他们有过多次合作，质量大可放心，让我安心出差。"两会"结束，楼板也浇铸完成了，我把尾款一分不少打给对方，就等着装修公司进场开始下一步工作。

恰在这个时候，意外地发现刚浇铸好的楼面多处裂缝，中间部位出现不同程度的下沉，最高达4厘米左右。虽不敢肯定它一定会塌下来，但住在这样的屋子里，无疑像坐在一个"火山口"上，谁也不敢冒这个险。找合同签订人黄某，他说不是他施的工，款也不是打给他的，与他没有关系。找负责施工的刘某，他说他是按照装修公司图纸做的，图纸没说用梁，他还是出于好心，多加了几根粗钢筋，所以出现这样的事，应该是装修公司的责任，不关他的事。装修公司则坚持说，楼面浇铸不归他负责，他们的图纸只说这里要做隔层，没说放不放梁，浇铸方应该懂得这个常识。公说公有理，婆说婆有理，却把客户架在中间左右不是。还没理出个头绪来，黄某、刘某不约而同拉黑了我的号码，删除了我的微信，并从临时组建的装修群里蒸发了。我找到当初信誓旦旦保证不会有问题的市场部经理帮忙联系，也说联系不上（其实人家是老乡，而且多次合作，谁知道有没有联系）。楼面的问题不解决，下面的工程就无法推进，我的装修陷入僵局。

这期间，我拨打过政府、工商、消协、质监等热线，一家推到一家，最后化为无形。也曾求助省内媒体比较火爆的某个民生栏目，栏目组也派人到了现场，连线装修公司，接电话的负责人矢口否认曾给我们推荐浇铸方。拨打合同签订人与施工者，电话通通关机。我以为电视台会像平时节目中表现的那样，定会明察暗访，一追到底。谁知也就三言两语报道了事，溅不起任何涟漪。连我作为投诉方，要找那期节目播出的内容来看看都要搜索半天，其他人更不可能注意到了。

于是想到求助法律。打官司需要举证，首当其冲的是要请专业机构对工程质量做出权威鉴定。但经多方打听，鉴定费用需要好几万元，不禁犹豫起来。

关键时刻，是两位律师老乡给我打气。他们也说，官司有许多不确定性，在未取得施工方同意的情况下，单方面请人鉴定，后续风险较大，有可能不但拿不到工程损失，还多付一笔鉴定费用，得不偿失。而且他们明确表态，不敢保证官司一定能赢，但至少可以通过这一方式迫使对方出现，促成问题解决。

我正式指定两位律师做我的代理人。

两位律师到现场拍摄了照片、视频，随后按黄某、刘某两人身份证上的地址寄出了《催告函》，限其15日内前往指定地点协商解决。但几天后，《催告函》被打退回来，退回的理由竟是收件人拒收。

于是，在保全相关证据的情况下，我一方面走上法律程序，一方面重新找人将劣质楼板推倒重来。

但新的问题又出现了。

就在我们为隔层浇铸大伤脑筋的时候，承担本人装修任务的这家公司被另一家公司收购，"静悄悄"地换了门头。原本接洽本人工程的设计员、市场部经理也不知什么时候离职走了。新接手的公司对我们前面的事情，不知道是真不了解还是装不了解，双方的沟通一度陷入胶着状态，工程一拖再拖，迟迟不能重启。好不容易恢复施工，又是一波三折。在这个过程中，我真切领教了什么叫店大欺客，什么叫大爷做派。从装修公司老板到工程负责人，每个人和客户说话都像老师教育学生、领导批评下属。客户在他们心中，似乎就是无故找茬的刁民……总之没有一件事是顺畅的。

转眼到了2019年4月9日，我们起诉隔层浇铸施工方的案件开庭。我平生第一次打官司，心里有说不出的滋味。在我的人生字典中，从来没有打官司这一词。我不想打官司，不管是做原告还是被告。而今我却要为一套小小的房子装修打起官司来，确实是始料未及的。

我以为被告会像藐视客户一样藐视法院，不会到庭参加审理，结果还都来了。如律师所言，打官司还真让他们现了面。坐在被告席上，黄某、刘某把他们自以为是的理由翻了一遍又一遍。中心思想只有一个：他们没有任何责任，不接受原告的诉讼请求。面对法官，我有些动情地说："打官司不是我的初衷，也不指望这场官司能给我挽回多大的损失。但如果不打官司，让不法分子逍遥法外，人人都会效仿，出了事溜之大吉，那我们的社会风气怎么净化？人民的利益如何保障？"

正如前面交代的，考虑到诉讼的不确定性，我没花大价钱去做工程鉴定，这给案件的审理带来一定难度，也因此具有很大的伸缩性。法官说，这工程存在质量问题是肯定的，但严重程度如何，造成的原因是什么，缺乏足够的依据。同时，法官也指出了本人的过失：作为业主，没有对施工过程进行有效监督！

最终判决是一个"各打五十大板"的结果，象征性地判令两被告共同赔偿 5000 元。比起我的损失，这个赔偿自然是微不足道的数目。但能给我一个"说法"，让相关责任人吸取教训，我也觉得欣慰了。

但即便是这样的判决，也不能顺利执行。在有效期内，被告既不履行赔付责任，也不提起上诉。无奈之下，我方被迫向法院申请强制执行。最后以被告被拘留数日，被限制相关消费，同时赔付5000 元，终结此案。

官司尘埃落定的时候，房屋装修整体工程也进入了尾声。尽管后续还有一些"吵"不完的细节，也总算是了却了一桩心事。

算起来，这次装修从 2018 年 3 月 2 日隔层浇铸工程开工，到

2019 年 5 月 28 日基本结束，一套建筑面积 50 平方米的小房子，反反复复，断断续续，花了一年多的时间。如果从 2018 年 1 月 18 日与装修公司签订协议之日算起，时间更长，堪称装修界的"马拉松"了。

反思这次装修教训，在事关工程质量等问题上，从合同签订到施工方资质审核，再到施工过程中的监督，每一个环节都不能掉以轻心。举一反三，无论做什么事情，都需要有严谨的态度，不能马马虎虎、粗枝大叶，更不可心存侥幸。

这便是这次装修给我上的人生课。

（2019 年 10 月 23 日）

武当山上无神仙

一

儿子从小生性顽劣，行为举止不循常人，严重影响了他的健康成长。不知跑了多少医院，用了多少方法，却总是只见钱花去，不见成效来。

眼看儿子长大成人，不能正常走入社会，整天无所事事，不免让人揪心。

有一天，一位同乡好友对我说，是不是因为孩子长期待在你们身边，没吃过苦，产生了依赖心理，没有自立意识，不能形成独自生活的能力。如果让他远离父母，到一个完全陌生的地方生活一段时间，会不会好些？

他的建议是把儿子送到武当山，在山里进行封闭式的修炼，有师父管着，也有师兄弟们监督，可能慢慢就会改变他的生活、思维习惯。身体上的毛病，也可以在山上找道医看看。中医、西医治不好的病，没准道医有办法呢！

他这么一说，让我喜出望外。武当山是中国道教圣地，道教创始人张三丰就出自武当。说起武当山，自然会想到张三丰，想到张三丰，自然会想到道家功法的神秘莫测，想到山里会有许多深怀济世救人绝技的"神仙"、隐士。金庸多部作品里描写的武当派，都以名门正派让人敬仰。以致平常看见穿着道袍走在路上的道士，也会让人敬畏三分。儿子如果有缘得到武当高人的教化，那真是前世修来的福分。不说彻底治好毛病，如能让他那200斤的体重降下来，也是意外之喜。

巧的是，这位同乡好友还曾拜在武当门下修炼太极，和武当山上的多位掌门都有良好交谊。

这真是天无绝人之路。

我都有些迫不及待了！

于是，在同乡好友的引荐及亲自陪同下，我又哄又骗把儿子带到了武当山上。

二

那是2019年11月4日，我们从杭州出发，到达位于湖北十堰市的武当山下，已是晚上。山门已关，我们就地找了一家宾馆住下，准备次日一早上山。因为之前告诉儿子，只是到武当山来看看，不一定要待几天。如果告诉他真正目的，他是断然不会去的。

因此，还没上山，儿子就急切地问哪天回去。这问题真的不好回答，只能搪塞。

第二天上午，我们早早起床，坐上一辆景区中巴直奔山上。一路上，但见山环雾绕、云蒸霞蔚，如入仙界。我心里想，道教诞生在这样一个地方，真是天造地设的环境。如能在这里静心修炼个三年五载的，对身心健康一定大有裨益。

车行一个小时左右，我们来到武当山有名的紫霄宫下的一家养生堂，见到了堂主人，大家都叫他道长。

道长首先安排他的助手带着我儿子去参观学员驻地和训练场地。我们则与道长详细介绍了儿子情况。

不一会儿，助手把儿子带进道长的办公室。儿子一见道长，丝毫没有怯意，伸出一只手腕，冒冒失失地问："您懂不懂医学？是西医还是中医？请帮我检查一下！"

这些年，我们带儿子出去，很多时候都是去求医。所以，儿子每到一个地方，习惯性认为就是来看病的。

道长说："我不懂医学，西医中医都不是。"

儿子有那么片刻的沉默。似乎在想，既然西医中医都不是，老爹带我来这里做什么？

接着，他说："我是以游客身份来的，玩一下就要回去！"随后，天南地北地扯了些不着边际的话题。

观察下来，他们认为儿子行为不可控，缺乏生活自理能力，又没有足够的师资进行一对一陪护，不适合待在山上。尤其是，中国道教协会已经入住武当山，办公地点离他们的训练场地还不远。而武当山正在争创高等级旅游景区，万一这孩子出了点什么事，会影响景区评级，他这个养生院就没法交代了。

我又问起道医之事，即使无法让儿子留下来，如能让道医一诊，也算不虚此行。却被告知，武当山早已没有道医了。据说原来有一个，因为一位村民把孩子送来请他治病，他刚答应，还没开始治，孩子却死了。家属硬说是对方的责任，到武当山吵吵闹闹。道医深感无辜无奈，愤然离山而去，从此江湖万里，杳无行迹。

说实在话，就是因为儿子行为举止上一些不合时宜的表现，我们才寄希望于通过高人的点化使他有所改变的。如果他什么都正常，又有自理能力，我又何苦费那么大的劲送到这里来呢？

三

也许是看在朋友的面子上，道长答应帮忙问问他的师兄弟们开的武术馆有没有可以接纳的。所谓可以接纳，一是环境相对封闭，方便管理；二是学生相对多些，有人可以带着他练。但他坦言，这事够呛。

　　既然够呛，我就不多指望。但既然来了，又不甘心就这么放弃。还是想让儿子开开眼界，多点体验。

　　第三天上午，道长打了招呼，我带着儿子来到紫霄宫参加体验课。如果儿子愿意，尽可能住到宫里，待上几天再回。而且说不定儿子在体验课中有了兴趣，认真训练，还有可能留下来呢！

　　体验课在紫霄宫的一片空地上进行，七八个少年在师父的指导下进行踢腿、倒立等基础训练。另一片空地上，也有几个道士、道姑在练习太极、击剑，看上去功法娴熟，羡煞外行人。

　　经打听，参加日常练功的多为社会青年，也有少量学生，其中一个还是博士。而那些在旁边自行训练的道士、道姑，短则一年，长则十年之久。一些人学成后会出去自闯一片天地，有些则可能一辈子"以宫为家"了。

　　儿子本不情愿参加训练，进入场地就声明他是来旅游的，不是来学习的。但在师父的严厉管束下，还是"二黄倒板"地跟着学员们练了起来。虽然闹了不少笑话，但师兄们耐心帮助，他还是勉强坚持了一个上午。我正想移住紫霄宫，打算再试几天，以儿子的变化感召负责人，争取能够留下来。

　　恰在这个时候，传来了不好消息。说是上午儿子在酒店外面攀爬栏杆，动作非常危险，酒店经理很有意见，直接把投诉电话打到了道长那里，道长又把电话打到了训练场地。酒店的意思是，要让家长过去解释一下，而且不要在那里住了。

　　此时我们已在紫霄宫里，进出都不方便。接到反映，我直接判定没有任何留下来的可能，也没什么必要了，便干脆回复："我一会儿就去退房！"

四

走出紫霄宫，准备到酒店退房走人。儿子说想吃饭，便到附近的农家乐点了几个小菜。他倒吃得津津有味，我却毫无食欲。

回想这些天来，我都是小心翼翼，把儿子捧着哄着，希望他能老老实实，争取顺利留在武当，这也算是他的造化。

偏偏这孩子不争气，或者是故意做作，一到这里便言行毕露，比起平时甚至有过之而无不及。

千里寻梦而来，虽说对武当山向往已久，但身临其境，却无心观景。我们已经到了紫霄宫，而传说中的武当山金顶就在紫霄宫上方不远，也没心情爬上去看看。

乘兴而来，败兴而归。一切复归平常，一切不知何往。

此番心事，堪与何人说？

五

回到杭州的那个晚上，我彻夜无眠。早上睡意来袭，却被一条微信惊起，一看是武当山派出所李所长发来的清晨寄语。我与李所长在武当山结识，算是一面之缘，他的寄语令我心中不禁触动。

寄语曰："自古人间苦无边，看得高远境如仙。千万别为凡事恼，轻松过好每一天！"

（2020 年 3 月 8 日）

醉在赛里木湖

整整二十年了。

二十年前的 1999 年，记不清是 9 月还是 10 月，总之是秋意正浓的时候。我随一个文艺采风团从新疆乌鲁木齐出发，一路向西前往伊犁。

车过五台，行至塔尔钦斯凯山区，一车人正被颠簸得晕头转向的时候，道路突然变得平缓起来。隔窗望去，一个水天一色的湖泊映入眼帘。导游说，这是新疆有名的赛里木湖，大家也累了，今晚就在这附近住下，明天一早开拔。

"赛里木"在哈萨克语中是"祝愿"的意思。赛里木湖又名三台海子，是新疆最大的高山湖泊，位于博尔塔拉蒙古自治州博乐市西南，是乌伊公路上的重要景点，也是古代丝绸之路天山北道的必经之地。元初著名道士丘处机，也即金庸小说《射雕英雄》里有名的全真七子之一的丘道长，应当时率兵西征的成吉思汗邀请，由山东经内蒙、新疆前往撒马尔罕，就曾路过赛里木湖。丘道长钦羡此湖之美，赞为天池。他的弟子李志常在《长春真人西游记》中描写此湖："方圆凡二百里，雪峰环之，倒影池中，师名之曰天池。"清代文学家、经学家洪亮吉亦称之"西来之异地，世外之灵壤"，足见赛里木湖之美。

我们到达赛里木湖的时候，正是傍晚。太阳渐渐西沉，月亮也半遮半掩地露了出来。西沉的阳光与半掩的月色一齐投射在湖上，给人一种宁静、祥和的感觉。湖畔有很多树，有很多叫不出名的花，还有山间星星落落的毡房，有袅袅升起的炊烟。这一切，构织成一幅美丽的田园山水画。但它不是画，而是近在眼前的真实情景，的确是引人入胜。且不说走得疲累的旅人，就算是不经意路过的当地人，看到这般迷人的景致，恐怕任谁也不想匆匆离开的。

采风团成员就下榻在湖边不远处依山而建的简易客栈里。这些客栈均为草木结构，木地板、竹板壁、草盖顶，每间能住三五人。地板内侧紧连山体，外侧则用坚固的木桩支撑起来，下面空空如也，颇似流行于大西南苗族村寨的吊脚楼。但这里不是苗寨，所以并无吊脚楼的说法。这里是蒙古族的聚居地，所以就有了一个个类似蒙古包的毡房。在这样一个旅游胜地，一到就餐时间，走近任何一个毡房，都是客满的。

沿客栈上方走几十米，就是我们晚餐的毡房。按照蒙古族的礼仪，进毡房前，热情的服务小姐要给每人端上一碗酒（记住，是一碗哦），据说叫作"下马酒"，然后再给每人献上一条洁白的哈达。说句"扎西德勒"（吉祥如意），把客人迎进毡房。进了毡房，客人围成一圈，席地而坐。主位挂着成吉思汗的画像，一般由做东的人或领队的人坐在这个位置。坐定后，开场每人先干三碗（称金碗、银碗、铜碗），有人介绍叫"坐堂酒"。然后是相互敬酒。等互相敬得差不多，以为可以"获得自由"的时候，两位蒙古族少女突然降临，声情并茂地唱着《敬酒歌》，轮番给客人敬酒。热辣辣的敬酒妹，热辣辣的敬酒歌，想不喝都不行。

我向来不胜酒力，一碗下马酒下肚，已有微微醉意。再喝三碗"金、银、铜"，早已颠三倒四、晕头转向。等到少女敬酒的时候，更是两眼迷蒙，看不见人面桃花，只觉得天旋地转。我心想，再不赶紧开溜，只怕是要"醉卧毡房"了。好在，我的位置处在毡房下首，靠近门边，我也不是座中最耀眼的人物，不会太引起别人注意。于是，在少女敬酒离我还有三四个人的时候，我偷偷溜出毡房，跌跌撞撞回了客栈。因为醉得厉害，也因为客栈建在斜坡上，这一夜迷迷糊糊、似睡非睡、似梦非梦，仿佛是在一条螺旋式的隧道里爬呀爬、飘呀飘。

清晨起来，有只皮鞋怎么也穿不上，短了。细看才发现，那根本不是我的鞋。显然是昨晚逃离酒场，忙乱中穿错了。也好在，一起就餐的都是一个团队的，也都住在周边的客栈里。一阵吆喝，便有人把穿错的鞋子送了过来。对上号后，相视一笑，昨夜"风光"在脑海中久久盘桓。

采风队继续西行。

一路上，哈萨克美女导游插科打诨，我们的队员说说笑笑，话题自然离不开赛里木湖，离不开刚刚过去的这个夜晚，大家各种搞笑的姿态。

多年以后，回首往事，我以一首小诗《赛里木湖的月光》，写下了那一夜的心境：

那是一个秋天的夜晚
天色将暗未暗
月光透过树枝
投射到你的身上

湖泊在树影下流淌
清波在湖面上荡漾
鱼儿在水里雀跃
鸟儿从这里飞向四面八方

我轻轻地走近
俯下身抚摸你的脸庞
波光散发着温热

似甜润的嘴唇亲吻手掌

炊烟在湖畔升起
毡房里人来人往
下马酒刚刚喝下
坐堂酒又满满斟上

轻风送来缕缕馨香
敬酒歌曲曲欢畅
我醉在这夜里
不只是酒，还有
赛里木湖的月光

（2020 年 4 月 10 日）

愿做一根草

一

一场车祸，将我推到生死门前。

这场车祸猝不及防，以致过了多少时日，仍说不清当时的情景。120 救护车呼啸而过的声音，我也全无记忆。

我在医院急诊大厅的推车上醒来，看见夫人手忙脚乱，感到了事态的严重性。我让她赶紧通知近一点的熟人过来帮忙，但除了告诉在上海市区工作的侄子，她竟一时想不起该找谁。在我的提议下，她拨通老同事李自君的电话，李自君又邀了另一位老同事孙子军一起，很快赶到医院。当侄子从市区来到的时候，夫人已在二君（军）的帮助下给我办好了入院手续。

也是在这过程中，我让夫人把事故分别报告给了我所供职和与我有关的单位领导。

当夜 12 点左右，浙江省贵州商会会长李天佐、监事长肖时均、秘书长俞文法一行到达病房慰问。商会其他同仁，也在往后几天陆续前来看望。

令人感动的一幕是，一位刚加了微信、尚未见面的贵州老乡安珍，闻讯后连夜从苏州赶来。她以她亲身经历的一次车祸宽慰我，平静看待这场意外事故，以积极心态配合医生做好治疗。

他们的安慰和鼓励，给了我战胜伤痛的极大信心。

事后，夫人感慨："平时交往的人不算少，但遇到大事的时候还真不知道谁可依靠！"

二

我庆幸自己是个"有组织"的人，出了事总能看到组织的身影。

作为一个跟随公司二十多年的老员工，不指望也不希望日理万机的老板会对一个打工者的遭遇兴师动众。但据说公司董事长专门拉了一个微信群，要求相关人员随时了解、报告我的伤情，并嘱咐有关领导给予关心。

入院第二天开始，陆续有新、老同事前来探望。王起、厚军、宝胜、郑平、爱米、雅琳、小媚、丽燕、琪蕊、井勇、丽娜、孙冕、剑雄等，既受领导委派，也代表个人而来，既鼓励我安心养伤，也告诉我公司最新状况，使我"人在病床上，心中有方向"，孤独、寂寥的心变得踏实许多。

更有一位基层员工许女士，说是本人某次文学讲座的听众之一，我倒无甚印象。她专门托人给我寄来了接骨、止痛的土方子，我自是诚意感谢。她却说："谢什么，我们都是正泰人！"

陈艳平是我作为学员的上海 LF45 第一个到达的死党，她的一席话让我感动到哭。"昨晚听到消息我就想来，但路程较远，时间又有点晚，找不到人陪伴，我一个人不敢来，一个晚上我都在担心！"随后，陈艳、静虹、亚萍、发松、德宏、砚峰、俊华、世娟等相继到场，并带来了其他死党的问候。夫人任过教练的 LF48 多位死党、她所在艺术团的成员也先后前来慰问。

我刚加入的贵州省纪实文学学会，会长刘毅老师亲自打来电话嘱我安心养病。他们寄来的学会会刊，成为我住院期间聊以解闷的重要读物。

除了这些"组织"的关怀，亲情、乡情的陪伴同样温暖我心。

夫人自然是寸步不离。分散在上海、安庆、温州等地的弟妹和晚辈们都从各地赶来，陪了我几天。除了前面提到的安珍之外，黄元翠、杨春强、姜显益、罗志强、吴高毅等诸多老乡，也在百忙中赶来看望。

他们的陪伴与守护，给我因遭逢打击而有些心灰意冷的人生注入了新的温度。

三

相比之下，同病房的一位病友却没有这样的幸运。

他是在一个工地上劳动时意外摔伤的，断了七根肋骨。他没有医保、社保，甚至连劳动合同也没有。从他住进医院起，就没见有什么人来看望过。入院几天，我连轻轻说话都会感到疼痛，他却不得不忍着剧痛，一次次给老板打电话。虽然说一口浓重的安徽口音，但大体听得出，入院时医院要求交 3000 元押金，老板只给他打了 2000 元。接着医院要求补交 5000 元欠款，老板却哼哼唧唧不愿意出。说到来气处，他强调是在工地上受的伤，老板应该负责。老板却责怪，谁让他那么不小心，自己受的伤。

每次打完电话，他都疼得躺在床上直喘粗气，更是气得吃不下一口饭。

我不知道他的父母是否健在，妻儿是否知情，反正没有看到任何亲人来到他的身边。但我猜想，以他 45 岁的年龄，即使父母健在也属高龄老人，的确是鞭长莫及。妻儿呢？或许正巴望着他带回三千五千的，一起过个欢快的春节。谁知却在这个节骨眼上出了这档子事，他压根就不忍心告诉他们吧……

总之是形单影只的一个人。

住了不到一个星期，因为老板不愿续交医药费，医院也不可能做赔钱的买卖，他不得不捂着伤口提前出院。

路过我的病床时，他沙哑着嗓子对我说："我走了，祝你早日康复！"

那一刻，我泪眼模糊。

人是需要"组织"的，但如果这组织冷血至此，那就只剩下悲凉了。

四

也有一种无奈的"亲情"。

那位安徽病友出院后，他的床位换上了一位同是安徽籍的脑梗病人。他和妻子在上海打工，不知道怎么就患了脑梗死，妻子还有糖尿病。

看得出，他们经济条件并不宽裕，也没有靠得住的"组织"。他们没有请护工，妻子又忙着上班挣钱，在淮北某学院计算机系读大二的女儿赶来照顾。到了半夜，他浑身不舒服，吵个不停。女儿急得手足无措，还不断被他臭骂。他让女儿给他擦身子，女儿说自己又没结过婚，很难为情。老头子（其实只有51岁）怒气难消，深夜暴撑女儿："滚！"

母女俩于是轮换着来。白天，妻子上班，女儿照顾。晚上，女儿休息，妻子陪护。他在妻子面前显然"任性"得多，夜半疼痛，他伸手就要拔针头。妻子阻止他，便听他说："让我去死，让我去死！"妻子则怒怼："你去死！你去死！"伴随争吵，发出"啪啪啪"的响声，不知是互相推攮还是什么。随后便是女人长时间的抽泣，弄得其他病人和家属无法休息，但也只能强忍不言。

某天下午，他被女孩扶进厕所。刚关上门，里面传来摔倒的声音。女孩急得求我："叔叔，请您帮一下忙！"我正艰难起身，打算见义勇为，却被夫人拦住。

"叔叔肋骨断裂，还没恢复，不能用力，你赶紧去找护工吧！"夫人对她说。

那女孩一溜小跑，请来一个女护工（一时找不到男的），她爹却不要。情急之下，女孩只好硬着头皮冲进厕所，把他"扛"了出来，在我夫人的协助下将他扶上病床……

五

人是万物之灵，却把控不了自己的命运。"意外和明天，不知哪一个先来"，成为人类共同的无奈。

也因此，哲人说，我们决定不了生命的长度，但可以延展生命的宽度。

什么叫延展生命的宽度？以我的理解，应该是在有限的生命里，把每一天过得更加充实，更有意义。那怎样才能更加充实，更有意义呢？不同时代，不同的人，自然又会有不同的体验。以当下流行的说法，"不念过去，不畏将来，不负韶华"也许是最好的诠释。

感谢人生中的每一次相遇。在我母校之一黔南师院中文系的同学群里，同窗老友们给了我许多慰藉。

当年"小班花"陆玉萍，每天雷打不动要在群里分享一段"微语"。我入院后的某一天清晨，她写道："只要是人，就有痛苦，只看你有没有勇气去克服它而已，如果你有这种勇气，它就会变成一种巨大的力量，否则你只有终生被它践踏奴役。"

她说："今天的微语送给你，挺过痛苦，迎来愉悦，早日康复！"

感谢碧虚网创始人邢小兰女士。辞旧迎新之际，我在病床上收到了她托人给我绘制的漫画。她让我写上一句新年心愿，配着漫画发表。

而那个晚上，新华社《夜读》的主题是"往后余生，爱恨清零，聚散随意"，让我深深触动。

我想起山野里的草，无欲望则无烦恼，事事淡然无忧愁。

于是，我随手写下自己的心愿："让所有的遗憾和伤痛都随风而去吧。2020，我愿做一根平淡、无忧的草……"

是的，这是我的心愿。

但不止于2020年。

往后余生，我愿做一根无忧无虑的小草，平平淡淡地过好每一天！

（2020 年 1 月 11 日）

那些"跑学"的日子

　　这是我给女儿讲述的诸多故事中的一个。女儿中考录取了一所离家较远的高中，虽然远，但因为属于区内，学校不提供住宿，每天来回接送又很折腾。无奈之下，我们在学校附近租了一套房子，夫人过去照顾女儿。也就是在这个时候，我给女儿讲了这个故事。

　　我的中小学时代，家住农村，离就读的学校四公里左右。学校规定五公里以外才能申请住校，我不够格，也住不起，只能"跑学"。所谓跑学，就是每天一早步行上学，中午放学匆匆忙忙回家吃饭后又回学校，下午放学后又步行回家，每天来回四趟，十六公里。上初三后要上晚自习，每天变成来回六趟，二十四公里。我没读过幼儿园，从小学到高中，十多年中来回走了多少趟、多少公里？以我有限的数学水平，够我算好半天。

　　从家里到学校，有一半是坑洼不平的乡村公路（当地称"马路"），还要途经一条水沟。天晴水浅，就从石墩上跨过。遇上下雨，水深盖过石墩，就只能脱鞋过去。因为家穷，我常年穿一双解放鞋，过河脱鞋，过了河又得穿鞋，这一脱一穿挺不方便，而且耗费不少时间。为了不迟到，索性就穿着鞋踩水过河。遇到梅雨季节，时常涨大水。水深流急，非常危险，父母说："欺山不欺水。"于是只好从附近的山坡上绕过去。坡上草木丛生，道路泥泞，也常弄得一身湿甚至一身泥。所以，很多时候，我经常穿一双湿透的鞋子或衣服进到学校。以至于时常感冒，在教室里不停地咳嗽，那种狼狈的样子可想而知。我到现在还会莫名其妙地干咳，真怀疑是不是就是那时候落下的病根。

跑学路上，不光辛苦，还常担惊受怕。

村里有户人家，因为地主成分，"土改"中被政府没收了几间房屋。包产到户的时候，当年的工作组早已撤离，当初的村领导也早已不在任上。这户人家的一个后生找到当过一段时间村干部的父亲，极尽威胁之语，要求父亲出面把他家房屋退回去，否则他就要动武。尽管父亲再三声明没收地主房屋是中央的政策，而且当时他不是主要领导，要算账也算不到他头上。不过，如果有政策要求交回没收的房屋，他没有任何意见，还会协助处理。但这后生根本听不进劝，胡搅蛮缠，并且扬言要对下一代下手。因此，上、下学的路上，我总是提心吊胆，一遇风吹草动，就会本能地做出防卫反应。这样的状态，一直持续到高中毕业离开家乡。

…………

现在想想，那段经历虽然苦，虽然累。但也是"恰同学少年，风华正茂"。庆幸我没有被困难压倒，没有辜负青春好时光。

"古有'孟母三迁'，今有'廖父租房'。情况虽不一样，本质却是一样的，都是为了孩子健康成长！"我对女儿说："今天你有这样好的条件，再也不需要像父辈那样翻山越岭去上学，这是你的福分。如何利用好这个条件，创造属于自己的精彩人生，完全取决于你自己。爸爸妈妈不能包办你的一切，只能量力而行，尽力而为。"

这个故事，我是以微信的方式发给女儿的。我在杭州上班，女儿在上海读书，难得一见，我们的交流常以这种方式进行。

女儿回以"嘿嘿"二字，不置可否。

唯愿她能听进心里去……

（2020 年 9 月 21 日）

没有月饼的中秋节

中秋到，月饼香，勾起我回忆的是儿时那些没有月饼的中秋节。

少时家贫，整个社会物资也很匮乏。高中毕业之前，我似乎从未听说"月饼"一词，更别说吃过了。出自村里人口中的中秋节也不叫中秋节，而叫"冬秋节"。至于为什么叫"冬秋节"，大家也搞不清楚。我曾问过母亲，她说古老人都这么叫的，也就这么叫下来了。"古老人"到底是什么人，"古老"到什么朝代，也没人说得清楚。反正在农村，很多事情只要是说不清来龙去脉的，一句"古老人说的"就交代过去了。

老家的"冬秋节"，虽没月饼吃，却是很有仪式感的。

冬秋那天，家人们离得近的，都会尽量赶回去团圆。那时我们家种有板栗、核桃，地里也有几株长势并不好的向日葵。父母提前摘下来，剥好晒干。到了冬秋的那天夜晚，除了自家种的核桃、板栗、向日葵外，也会买些花生。母亲将其炒脆摆上一大盘，一家人一边吃一边赏月。看着天上皎洁的月光，母亲教我们兄弟姐妹念起了古老人传下来的谚语："月亮光光，姊妹烧香，烧到（着）王大姐，气死满姑娘……"父亲也饶有兴致，指着满天的星斗对我们说："古老人讲，天上几颗星，地上几多人。地上的人在做什么，天上的星星都在看着呢！"怕我们不理解，他又解释一番，意思是天上有多少星星，地上就有多少人口，而且每个人都有一颗对应的星，每个人的行为也都受到上天的监督，不能做坏事的。

于是，在那些挂满星星的冬秋夜，我常常出神地望向天空，想要找到那颗属于自己的星星。最大最亮的那一颗？当然不是。都说毛主席是人民的大救星，那最大最亮的自然属于他老人家了。那么是不大不小却很明亮的那一颗？感觉也不是，像我这样出身低微的山里娃，怎么会有一颗明亮的星呢？然后接着找，用一双渴求的眼睛在夜空中搜寻。恍然间，一颗似明似暗的小星星忽闪而过，只一眨眼的工夫就不见了……此刻，竟有些怅然若失的感觉，好像那忽闪而过的星星就是自己。那么渺小，那么卑微，那么不起眼！

记忆中，老家的冬秋节是有很多风俗的。其中就有这么一句民谚："八月冬秋，乱得乱偷！"意思是说，冬秋节的时候，有人顺手拿了自家的一点东西，只要不是贵重物品，谁也不会计较的。我们也会趁着月色，到邻居的地里摘些蔬菜瓜果之类，为的是讨个"彩"（吉利）。于是，你"偷"我，我"偷"你，也就成了冬秋节一种心照不宣的"礼仪"。

…………

后来，长大了，进城了，终于知道自己熟悉的"冬秋节"应该叫"中秋节"。中秋节要吃月饼，象征团团圆圆。而当我们有条件吃上各种香味的月饼的时候，父母早已远去。那些围在父母身边，一边嗑着瓜子，一边看星星赏月的日子也一去不复返了。

耳畔却久久回响着母亲教会的那句："月亮光光，姊妹烧香，烧到（着）王大姐，气死满姑娘……"

（2020 年 9 月 28 日）

"小年"絮语

一

不知不觉到了农历小年，原以为小年就是大年的微缩版，或者说是大年的"预演"，各种吃吃喝喝的仪式不可少，只是规格没有那么高、气氛没有那么热闹而已。

事实是，小年是民间扫尘、祭灶的日子。所谓扫尘，在我们老家俗称"打扬尘"。过去农村多住茅屋、木屋，平时忙于农活，没法经常打理。一年下来，板壁上、屋子里积满灰尘和蜘蛛网等，号称"扬尘"。小年这天，母亲举着精心准备的竹枝、竹刷等，将满屋的扬尘一扫而尽。至于祭灶，我不知道其他民族有什么风俗，我的印象中，小年汉族是不祭灶的。祭灶都放在大年三十那天，父亲会准备一些肉菜、香纸等，不光要祭灶王菩萨，还要祭山王菩萨等，祈祷一家顺遂。

某种程度上讲，小年只是为春节做的一次准备工作，不是严格意义上的节日。所以，在我的记忆中，打扬尘非常深刻，却无小年的概念。

自从住进城市里钢筋水泥浇筑的楼房，家庭卫生天天搞，再无一年一度集中打扬尘的概念，也没有了过小年这样的习惯。

二

今年的这个小年，我因车祸刚刚出院，处于恢复期。情绪低落地窝在家里，啥也不想，连起床也懒得动。但女儿因上午补课的事情，头天晚上与夫人一言不合"拧"到了一起。女儿不接电话不开门，夫人不愿自讨没趣，不去叫女儿起床，只是一个劲地推我说："你去叫她！你去叫她！"

女儿刚满 15 岁，性格极其叛逆。说话做事我行我素，丝毫听不进劝，说什么她都是一副"苦大仇深"的面孔。也不知现在的学校教育注重什么，孩子们的情绪、意志都很脆弱，大人说几句，便赌气、发火的，甚而以"出走"威胁。但女儿正处初三，马上进入中考冲刺期。管是麻烦，不管是更大的麻烦。

我极不情愿地起床，沙哑着声音，强压着怒火，以近乎讨好、巴结的语气叫她。可连续往返三四次，她都没动静。我索性不再叫她，随她爱咋地就咋地吧。

就在我独自烦恼，叹息育女无方的时候，一眼瞥到女儿手机 QQ 空间的几句"说说"。我出车祸那天，她的"说说"是两句配图的话，一张是我躺在病床上的照片，上写："上帝不会带走你的！"一张是我看不懂的图形，上写："麻烦你一定要保佑爸爸平安健康！"隔了两天，她的"说说"换上了另一句："只愿爷英俊帅气美丽可人的爸爸早日康复出院！"

这个鬼丫头，发起牛脾气来确实像个爷，而且是大爷，我真是服了这大爷。但看到她这几句"说说"，我又看到了女儿善良、可爱的一面，也看到了她的悲悯和孝心，心中的气顿时消了一半。

这时，女儿终于磨磨蹭蹭地起来，自觉出门开始她的寒假补课时光。我的气，也全消了。

三

女儿不听话，一向早起的夫人也索性睡起了懒觉。

"没有寄托!"她说。

"那你再生一个嘛!"我气她。当初生二胎，就是她执意坚持的。

她哈哈一笑，知道我是说着玩的，两个孩子都把自己压得透不过气，再生一个还不被气死!

说着，便想到了儿子。这儿子也是大爷一个，而且比大爷更绝：他一个人要待在杭州，不愿回上海过年。

他要是能够自立，也就不用操心了。儿大不由爹，他爱在哪在哪。关键是，由于身体的原因，他不能自立。不光不能自立，有时还会冒冒失失，惹出一屁股麻烦来。

于是纠结，今年这个年到底要在哪里过呢? 如到杭州过，肯定有诸多不便，尤其是我的身体。但如果不去，春节期间许多商场关门，吃饭的地方都没有，难道让儿子饿着肚子过年?

四

纠结归纠结，小年还得过。过小年不是喝酒吃肉，而是打扬尘。我们虽无扬尘可打，但屋子刚翻修，家里一片乱。加之住院期间同事、朋友们送的水果和补品之类，堆满一地，够收拾好一阵的。

我自然帮不上忙，只能袖手旁观。夫人一个人忙上忙下，还要送女儿去补课，辛苦自不待言。忙乎了大半天，家里总算是有了点样子。

晚饭的时候，我对女儿说了母亲生前的担心。其中就有一项，女儿脾气太犟，听不进父母的话，如果不努力，考不上大学怎么办? 虽说高考不是人生的"独木桥"，但将来的社会，没有知识怎么行。

即便是打工，有学历和没学历的也不一样呀！

　　话刚落地，只听女儿"呵呵"一声，放下碗看电视去了。

　　我这番话，不知是被她听进了心里，还是被风吹到了沟里……

（2020 年 1 月 18 日）

宅在杭州过春节

一

我的小家常住上海，平常却带着儿子在杭州上班，处于一种"双城生活"的状态。

离春节还差两三个月，就开始纠结去哪里过年的事情。女儿执意要回贵州老家，理由很充分："奶奶才去世一年多，就不回去看看吗？"儿子却哪儿也不愿去，就想待在杭州，而且不给任何理由。

在这个问题上，大人往往是没有发言权的。孩子小的时候，都是父母说了算。要大不小的时候，他们都有了自己的主见，都以自己的想法为标准，很难达成一致。

不料在年末岁尾的时候，自己遭遇人生一劫，在上海的医院里一住十多天，而且被告知，完全康复需要两三个月的时间。回贵州老家显然已无可能，女儿也不再坚持，那就只有上海、杭州两个选项了。

最方便的当然是上海，那里毕竟居住多年，家常用品都有储备。杭州虽有居所，但也就是简单住住而已，过年还是有些不便。尤其是今年，从天而降的所谓新型冠状病毒肺炎从武汉弥漫开来，向全国渗透，城际之间的流动变得空前紧张。但儿子独在杭州，春节期间小区周边商场全部关门，有钱也买不到吃的，总不能让他饿肚子吧。更何况，过年在中国人的传统意识里是讲究阖家团圆的！

于是，在杭州过春节，就成了唯一的选择。

二

腊月二十九下午，从上海出发的时候下着小雨。在前往火车站的出租车上，我们戴着口罩，司机也戴着口罩。透过车窗看去，稀疏的行人也被口罩蒙着，只露出眼睛。

司机说，他刚从浦东机场接人回来，所见都是戴着口罩的人群，而且无论进出站都要进行体温检测。

我们是提前买到杭州的高铁票，当时票很紧张，好不容易刷到的三张票，位置还不在一起。可要出发头一天，发现余票突然多了起来。敢情是因为新冠肺炎疫情的加剧，很多旅客临时取消了行程。

上了高铁，车厢明显比平常宽松许多。90%以上的乘客都戴着口罩，没戴口罩的也都低头不语。不知是各怀心事，还是本能地防范。

我同样紧张，感觉从上海到杭州一个小时左右的行程，像是一次奋不顾身的"壮行"。

三

到达杭州居住地已是傍晚，天空下着小雨，街边不见行人，车辆也很少，确实感觉不到过年的喜庆气氛。但我们还是要以过年的心情来准备一切。

我已有将近一个月未来杭州。儿子独自在家，把屋子弄得又脏又乱。夫人花了好大的工夫整理出来，终于像个家的样子。这才想起没吃晚饭，因为家里没有预备，只得到处觅食。小区商店、饭店已经关闭，剩下一家中国牛肉粉开着，走进去凑合吃了一顿。老板是青海人，他说他们不过春节，这些天都会正常营业。忘了问他是什么民族，为什么不过春节。我心想，有这么一家不打烊的店，即使我们不过来，儿子也不会饿着。这就是多民族的好处，不同民族有不同的风俗和节日，这才让这个国家变得丰富多彩。

小区里不打烊的还有一家小超市，老板也是外地人。他说现在疫情严重，来来往往地很不方便，回老家也没意思，还不如留下来，自己既可增加点收入，也能方便一下小区居民。事实也的确如此，我们匆忙而来，需要的日用品都是在这家超市采购的。

次日上午，我又惊喜地发现，小区里照常营业的还有麦当劳，以及一家奶茶店。

这么一来，不打烊的牛肉粉馆、小超市，和同样不打烊的麦当劳、奶茶店，构成了我们所在小区春节期间的生活图景。

四

除夕夜，我们本来在杭州有名的宝龙城预订了年夜饭。临了，感觉在外面吃饭缺乏过年的气氛，而且在疫情压城的情况下，在公共场所吃吃喝喝总有些不放心。因此，决定打包回家。

我去取菜的时候，雨下得很大。平时热热闹闹的宝龙城，显得冷冷清清。少数商家开着，人流量极少。有三三两两的"口罩人"走过，也多是行色匆匆的，更无聚在一起搭讪之人。

我在"巴国布衣"等待取餐的过程中，看到女儿平常喜欢的"皮皮虾"店面无一人光顾。但他们照样营业，营业员对所有路过的客人都报以微笑。这个时候，这些店开着，远远不是钱多钱少的问题，而是一座城市的活力所在。有他们，便有温情，便有了生活的气息。

还要感谢网络，夫人通过叮咚买菜，坐在家里便收到了所需要的各种蔬菜。

这样，自己做了几道菜，再加上酒店订来的菜，七拼八凑的，也算是一桌丰盛的年夜饭了。

五

吃罢年夜饭，照例是春晚。

我对春晚向来没有多大兴趣，硬着头皮也很难看完。今年这种状况，更是无心欣赏了。

电视开着，我却不停地刷着手机上的各种信息，关于新型冠状病毒肺炎的疫情牵动着身上的每一根神经。而最令人感动的，是 84 岁高龄的钟南山院士坐镇灾区指挥救治，各地医务人员主动请战驰援武汉，各大媒体"逆向而行"，深入一线报道疫情的壮举。我恨不能也是他们中的一员，在国家最需要的时候能尽一份绵薄之力。一如年轻时代，我曾以一位中学教师的身份，在火灾肆虐的时刻，带着我的学生冲进火海，为扑灭山火助力，大有义无反顾、舍我其谁的气概。

可惜我不是他们中的一员，也没机会成为他们中的一员，至少目前是这样。那就只能服从疫情防控的全局安排，牢记宅（待在家里）、戴（医用口罩）、洗（勤洗手）、消（酒精消毒）"四字诀"，听话照做，加强防范。

在这种情况下，管好自己的健康，就是对国家最好的支持。

六

虽没完整看完春晚，但也不时有精彩节目传入耳中。最难忘的是一句歌词："勇敢的人各就各位，巨龙的脚下是无畏……"

我想，有各级党委政府的高度重视，有全国医务人员的无私付出，有各界爱心人士的大力支援，有每位公民的积极配合，便会爆发出无畏的力量，战胜新型冠状病毒肺炎也只是时间长短的问题。

那么，我宅在杭州过春节，也就有了非同寻常的意义。

（2020 年 1 月 25 日）

我的"防疫战"

一

2020 年的这个冬春，日子有些难熬。作为吃瓜群众的我，先是遭了一场车祸，在医院里住了十几天，出院没几天又到了春节。因为儿子一个人待在杭州不愿回上海，我们只能到杭州陪他过年。

而在此间，百年不遇的"新冠"疫情从武汉向全国蔓延开来，大有愈演愈烈之势。

我和夫人、女儿腊月二十九从上海去杭州，一路上小心翼翼戴着口罩。司机戴着口罩，路上零零星星的行人、车上稀稀疏疏的旅客也都戴着口罩。乍一看，真成了一个"戴口罩的世界"。

在杭州待了不到一个星期，正月初四我们就回了上海。之所以要急急赶回，是因为随着新冠疫情的加剧，各地"封城"的消息不断传来，杭州也笼罩在一片紧张气氛之中。我们担心不及时离开，怕是既出不了杭州的城，也进不了上海的城。那会影响我接下来的身体复查、女儿的作业进度等，损失可就大了。

好不容易挑了一班省内发车的高铁返回上海，在松江出站后直接打车回家。却被告知，凡从外地回来，必须居家隔离 14 天。居委会的大妈细心地询问了我们的行程、接触人群、身体反应等，确认无虞后，传达了上级规定：待在家里不要外出，每两天安排一个人负责买菜，出门必须戴口罩，进门必须洗手！

于是，在杭州宅了几天回来，又开启了在上海的"宅生活"。按照政府的说法，待在家里不出门，保护好自己和家人，就是对疫情防控的支持。

于是，一场抗击新冠病毒肺炎的战役，变成了全民居家的"防疫战"，我也顺理成章地成了这场"战疫"中的一分子。

二

居家防疫的日子，除了看书、看电视，就是不断地刷屏看手机。也不断地给亲戚朋友们发着各种千篇一律的问候和提示语。

那些关于疫情的消息让人恐惧，一个个死亡的数字让人揪心，一个个不幸的家庭让人悲鸣。

当然，也为那些置身战疫前线的医务人员、解放军战士、社区工作者、志愿者和媒体记者，还有各界爱心人士的义举而感动！

和众多富有社会责任感的企业一样，我的东家正泰集团，在这场旷日持久的战疫中表现了一个大企业应有的风范。

公司第一时间成立了疫情防控领导小组，启动了疫情防控应急预案。一方面抓好科学防控，确保内部员工安全健康；一方面充分发挥公司全球产业链的优势，及时组织采购抗疫或生活物资驰援武汉、温州等地。而在武汉火神山、雷神山，以及陕西、河南等地方版的"小汤山医院"建设中，正泰组织的一支支工程队伍，如同疫情下的特战队，转战各地，夜以继日，书写了"正泰人"的光荣。

重要的是，工厂可以停产，而客服不能停止，所以，海内外的正泰客服人员同样铆足了劲，冒着风险行走在各地，在客户需要的第一时间到达现场。

他们的事迹，可歌可泣！

公司的事情，有很多人在做。领导大概也知道我在养伤，出于照顾我的考虑，没有在抗疫上安排我的工作。按照公司的要求，管好各自的部门，确保自己和家人的安全，也就成了一项必需的任务。

但我时刻关注着公司动态。

我虽不在宣传工作第一线，但对老同事们采写、编发的每一篇文章，我都认真阅读。对于一些写得好的文章、排得好的版式，我还积极留言点赞。无论在不在其位，公司是我们共同的公司，事业是我们共同的事业，这种情怀是割舍不掉的。

三

我关注的，还不仅仅是公司的事情。

大概在 1 月 28 日，也就是我从杭州返回上海当日，设在杭州的浙江省贵州商会会长李天佐给我打来电话，打算以商会名义开展募捐活动，为相关医院提供口罩、消毒酒精等抗疫物资。那是我的家乡组织啊，我当然大力支持，主动承担了起草《倡议书》的任务，并参与了组织发动。

为营造氛围，启动捐赠活动，我还动员在上海的活动中已经捐赠 400 元的女儿，再次拿出 100 元压岁钱，捐在了商会平台。随后，得到了许多会员企业和在浙贵商的积极响应，募捐活动取得了预期效果。由我草拟的新闻报道在多家媒体平台发布，彰显了疫情防控背后的"贵商力量"。

事后，李会长对我说："我们只做了一点点事情，媒体却做了那么多的报道，有点惭愧啊！"

我能理解李会长的心情。但在这种情况下，我们都不能深入一线救死扶伤，除了力所能及地捐款捐物，为前方医院减轻点压力，又能做些什么呢？再小的支持也是支持，再小的力量也是大爱啊！

四

我本已请假三个月在家养伤，但闷了这么久，已经有些坐不住了。因此，在公司通知 2 月 10 日可以采取远程办公形式开展工作的时候，我便赶紧销了假，投入到工作中来。

并且，为了联络方便，我于 2 月 23 日离开上海，住到了杭州的家里，以便公司有什么事，能够随叫随到。

我们按照公司要求，为避免人员聚集发生交叉感染，采取了"居家+现场"办公的方式，确保每天都有人在办公室，没在办公室的也都在线上。上线要打卡，周末有周报，一切都照平时上班的规矩来。

但毕竟隔着一层电脑屏幕，远程办公还是有些不便。开会、讨论，都没有面对面的效果好。但疫情之下，也是没有办法的办法，只能尽量克服了。

在这期间，除了主持部门工作，我自己也撰写了多篇关于公司的文章。我是做文字工作的，在做好各项防护措施的同时，写写有关企业的文章，自然也算是我在这场防疫战中应做必做的事了。

（2020 年 2 月 28 日）

在杭州过"苗年"

一

　　我不是苗族，却在杭州过了一个有趣的"苗年"。

　　大约 11 月初，杭州"千户苗寨长桌宴"经理在我所属的一个贵州老乡群里发了一段预告，拟定在 11 月 10 日举办苗年活动，欢迎老乡们以接龙方式报名参加。

　　位于杭州市上城区南宋御街附近的千户苗寨长桌宴，是杭州市政府对口帮扶黔东南苗族侗族自治州的产物。雷公山下的西江千户苗寨是黔东南近年来爆红的旅游打卡地，那里原生态的自然环境，多姿多态的民族风情吸引了来自国内外的游客。其中的千户苗寨长桌宴也成了中外嘉宾乐于体验的必备项目。几年前，杭州市政府在对口帮扶黔东南州的过程中，一眼相中了这个项目，遂把它引入杭城，成为在杭苗族同胞乃至贵州老乡们寄托乡愁的地方，也成为杭州各界人士就近感受黔东南苗族文化的理想之地。

　　我虽出生在贵州，至今不曾去过黔东南的西江，但平时却没少到杭州的千户苗寨一饱口福。但对苗年这回事并未亲身体验，因此颇为好奇。

　　到了现场方知，不是苗族而来过苗年的并非我一人。苗族当然是主体，其他还有汉族、布依族、侗族等。也并不全是贵州老乡，有些是贵州老乡带来的异地朋友，有些是受邀前来的当地政府职能部门官员、高校教职员等。

在我看来，这个苗年，更像是一次各民族的团圆年。

二

苗年，是一个集纪年性、祭祀性为一体的节日，通常在秋收结束之季进行。它在苗族人民生活中的重要性比起汉族的春节有过之而无不及。苗族同胞们即使身在异乡，到了这个日子，总是要聚在一起过过年的，这就有了这次在杭州的意义非凡的苗年。

关于"苗年"的起源，并无确切的文字记载。但苗族是一个民间口头文学十分发达的民族，有大量关于苗年起源的传说故事和歌谣，从这些传说故事和歌谣里，可以找到"苗年"起源的依据。以西江苗寨而言，他们的苗年与苗族始祖蚩尤有着密切的关系。传说在涿鹿大战中，蚩尤被擒杀，时间大概在苗历年的年终岁首，即阳历年的 10 月到 11 月。为了纪念蚩尤，西江人过苗年就选择在他被杀的这个时间段。

完整的苗年，通常分为小年、中年、大年，连过三次。过年期间，每户人家都要清扫门户、杀猪宰羊，准备丰盛的食物。糯米在苗年食物中扮演着重要的角色，不仅有糯米酒，而且还有用糯米做成的糍粑。节日前一晚，一家人要吃年夜饭，还要守岁到午夜，并开门放鞭炮，迎接龙进门。节日当天一大早，晚辈在长辈的主持下，将准备好的祭品摆放在火塘边的灶上祭祖。苗族在苗年期间给牛鼻子上抹些酒，表示对老牛辛苦一年的感谢。苗年也是苗族青年谈情说爱的日子，姑娘们身着百褶裙，佩戴耳环、手钏等多种银饰物，在小伙子的芦笙伴奏下，排成弧形翩翩起舞，这就是苗家踩堂舞。到了晚上，外村寨男青年手提马灯吹着笛子来到村寨附近的游方场去游方。通过对歌，彼此中意的男女便由绣有鸳鸯的锦花带连接在一起，这是他们的定情之物。

　　当然，苗家风俗本身也在进化，即使同在贵州，不同区域的苗族，苗年也会有所差异。尤其是生活在异乡的人，要为生存打拼，工作都很繁忙，更不可能完全按照家乡的风俗一一来过。带有表演性质的这次杭州苗年，自然是浓缩版的。

　　浓缩的是精华。

　　透过这个简洁热烈的苗年，让我领悟到浓浓的苗家风情！

三

　　那天我去得比较早，正赶上"祭祖"仪式。

　　千户苗寨的大门口摆放着煮熟的鸡，旁边燃起了香烛。据说在苗寨祭祖，祭品少不了现杀的猪头。因为这儿条件不允许，也就只能以鸡代猪了。

　　一位苗家汉子低头烧纸，口中念念有词。听不懂他念什么，猜测也会像我们汉族祭祖一样，祈祷上天保佑风调雨顺，祈祷祖先保佑子孙后代幸福安康。

　　门口站满了人，看得明白的知道是贵州苗族过年了，看不明白的也就一脸的懵。就有一位老太太挤进来看了半天，问我："这里在卖什么啊？"我说是苗族过年，她"哦"了一声，旋即离开。

　　她以为是商品打折促销呢！

　　祭祖过后，客人们陆续进门。进门也有仪式，先要喝光苗家阿妹端上来的一碗酒。自然是苗家自酿的糯米酒，好喝不打头，我一饮而尽。

　　再往里走，一张八仙桌拦住了去路，桌上摆满一大片盖着的碗碟。阿妹笑盈盈地指着碗碟，示意我挑选，"不幸"挑中一碗酒，又是一饮而尽。原来，那些盖着的碗碟中有的是酒，有的是香烟，有的是瓜子，还有别的，都是食物，挑到什么全凭自己的运气。我本无酒量，偏偏挑中了酒，虽说度数低，但两碗下肚感觉脸颊发热，微醺，酒不醉人人自醉。

进得大堂，客人们陆续到齐，开始了苗年的几个代表性节目。

打糍粑，我懂的，我在老家也打过。一方木制的粑槽，放上蒸熟的糯米，两人或多人手举粑棒，你来我往，拼命往粑槽里招呼。不一会儿，香味扑鼻的糍粑新鲜出槽，大家你抓一把、我抓一把，随手便往嘴里塞。不图吃饱，为的是那一份喜气。

踩气球，我懂的，比较常见。几人一组，每个人的腿上绑满气球，伴随音乐，大家互相踩。气球爆炸的"啪啪"声，将苗年的年味烘托得无比浓郁。

跳踩堂舞，我也知道。伴着芦笙悦耳的曲调，一群人围着几张凳子旋转，芦笙一停，各自往有限的凳子上坐，动作慢的，一屁股跌到地上，引来阵阵欢笑。

唱歌，我不懂，因为不是口唱，而是吹木叶，曲子就叫《木叶声声》。一位苗族小伙子摇摆着身姿，吹得投入，吹得动情，吹得如痴如醉。我拉过一位漂亮的苗家阿妹问："这木叶传出的是啥意思？"阿妹附耳"翻译"。

透过阿妹的翻译，我沉浸在那木叶的深情诉说中："春天来了，树上长叶子，叶子又嫩又绿。天气暖和，虫儿、蝉儿在鸣叫，田里的水在随风飘漾。阿哥和阿妹相邀到了山上，各自把活干。阿妹唱着歌儿，阿哥吹着木叶，惺惺相惜，互相爱慕。歌声涤荡阿哥的心扉，木叶飘荡在阿妹的心涧，互倾心扉，忘了归家的路……"

四

晚宴是西江苗寨最有特色的长桌宴，各路来宾们围着长长的桌子坐下。也不分什么族别，交叉而坐，举杯把盏，美味佳肴尽入口中，好不欢腾。

　　高潮应是"高山流水"环节，几位身着民族服饰的苗家阿妹站成一排，给客人依次敬酒，香醇的米酒流过一只只苗家土钵组成的"隧道"，盛入客人的碗里。"干一杯！干一杯"的歌声此起彼伏。

　　关于这高山流水，我向经理讨教得知，这是借鉴苗家"拦门酒"的礼节开发的一项旅游体验项目。根据敬酒不同的人数和造型，寓意五湖四海、六六大顺、九九归一等。仪式进行中，除了"干一杯！干一杯"的唱词，还有苗族同胞耳熟能详的《我在贵州等你》《远方的客人请你留下来》等歌曲，都是表达苗族人民热情好客的。

　　有歌，有酒，有苗家阿妹们深情的目光，自然是"高山流水情意长"啦！

　　一次高山流水，有些酒量大的客人还不尽兴，干脆赛起了酒，形式还是高山流水，喝得多的、持续时间长的算赢。

　　座中有个樊女士，体育学校柔道专业毕业，曾只手摔倒身高 1.85 米的挑衅男士，在朋友圈子里有"摔跤女王"之称。如今她已不摔跤，在杭州安居乐业、相夫教子的同时，开了一家养生馆。精力用不完，又成为房产市场活跃的经纪人。置身此等氛围，她自然成为中心人物。几轮高山流水，其他人纷纷败下阵来。她拿出一本书吆喝："谁敢挑战，赢了酒，这本书归他！"没人敢，建议换种方式。

　　那就喊拳，贵州人喊拳名声在外。樊女士也不示弱，举拳就上，几个男士依次上场，也都举手称臣，书仍牢牢握在她的手里。举目四望，再无人挑战，樊女士得胜心悦，笑靥如花。

　　我也很开心，因为樊女士手中的书，正是我刚出版的《一路上都是故事》。

　　是啊，人生路上都是故事。

　　这个苗年的故事，让人沉醉……

（2020 年 11 月 12 日）

雁 荡 三 日

一

季节已入冬，一连好几天气温骤降，街上行人裹着风衣走路也直叫冷。

从杭州出发去雁荡山前，有工作人员温馨提醒：大家至少要带三套换洗衣服。

雁荡山我去过多次，冬天也不是第一次去，再冷的天气也不至于要带好几套衣服，除非长住。而我们并非长住，也就三天两夜而已！

我们此行，是参加正泰集团首期中医健康养生营。工作人员的提醒为活动埋下了伏笔：当中的某一个环节会出很多汗，而这个环节每天都有，所以至少要带三套衣服也就顺理成章了。

雁荡山素有"海上名山，寰中绝胜"之称。在我的印象中，无论什么时候去，游客都很多。而这次，我在雁荡山动车站下车，也就晚上七点多钟的光景，打了一辆出租车往景区走，一路上并没看见几辆车，也没看见什么人。

"怎么这样清静啊?"我有些纳闷。

司机说，今年因为新冠疫情的影响，加上景区水都干了，就没几个人来了。想想也是，疫情暴发以来，大多数人能不出门就不出门了。如我，除了必要的出差，就没到任何景区转过。人游雁荡山，为的是体验那份"雁荡经行云漠漠，龙湫宴坐雨蒙蒙"的感觉。偏偏这个时候，雁荡山缺水。有到得早的同事夜探龙湫，发现原本飘逸的飞瀑不见踪影，龙湫下面那一汪清澈的深潭也只剩下少量的积水。潭边的水草也都低垂着头，看上去无精打采。沿路的小溪，暴露在眼前的，除了石头还是石头。

找不到"水也清"的感觉，却满眼是"山也绿"的舒爽。

我们的健康养生营在雁荡山山庄举行，这也是我住过多次的酒店，旅游旺季那可是一房难求的。而这一次，除了我们，几乎就没看到其他客人。但酒店并未因为客少而降低服务标准，房间的陈设、卫生、饮食质量，以及服务员的态度，还是一如既往的。

天气也出乎意外地好，现出了冬日少有的暖阳。

二

这次中医健康养生营，是正泰集团"以人为本，关爱员工"的具体行动之一。作为这次活动的铺垫，11 月 6 日公司以温、沪、杭连线的方式，举办了一场"呵护生命，健康同行"专题讲座。

在那次讲座中，主讲嘉宾介绍了一套简单易学的健康理疗方法，人称"禅锤疗法"，并随机选择十多位自告奋勇的幸运听众进行现场调理。有肩颈疼痛的，有肠胃不适的，有腰膝酸软的，都能当场见效。鉴于他的方法简单管用，公司考虑在中高层管理人员中进行推广，让大家在工作之余，学会自身健康管理的一些技能，同时也能帮助到家人、朋友，乃至客户。这一想法与主讲老师想将他的独特方法发扬光大、服务更多人群的理念不谋而合，于是便有了 12 月 11 日至 13 日在雁荡山举行的这次健康养生营活动。

这次为期三天两夜的健康养生营，老师依据中医"通则不痛，痛则不通"的原理，从器质性病变、寒湿性病变、神经性病变等方面，阐述了一些常见病的发病机理，手把手向学员们传授他的独门绝技。学员们学以致用，互为患者，互为医者，在实战中加深印象，获得真知。

不仅员工参加学习，还邀请了部分员工家属现场观摩体验。有位高管的老母亲，七十多岁的样子，说温州话，我只听懂"痛"和"勿痛"。老师摸了摸她的头，判断是脑梗，一边给她调理，一边询问老人的感受。她先是说痛，然后说还有点痛。反复几次后，她有些惊讶地说："哎呀，真的勿痛了！"老师让这位高管学员仔细观察，回去按照这套方法继续为老人调理，旁观者也都大开眼界。

让大家出汗的环节叫作"禅茶入道"，据说这对调理寒湿引起的一些病变有明显效果。在老师的引领下，大家在舒缓的轻音乐中静下心来，闻茶、喝茶、憋气、呼气、吐气……一整套程序下来，一个个满头大汗，面露红光。

原来，"至少带三套换洗衣服"的奥妙在这里！

三

我是以学员兼主持人的身份参加活动的。这次的培训以及上一次的讲座，我所在的正泰大学堂都是主办单位之一。

活动期间，我对学员们做了非正式调研，我提得最多的一个问题是："正泰大学堂是否应该参与主办这样的活动？"

之所以提这个问题，是因为公司给我们的定位是为组织赋能，成为高端人才培养的"黄埔军校"。我担心我们的做法会被认为偏离了方向。

回答却是出乎意料的！

"你们既培养大家提高绩效、实现经营目标的技能，又重视大家身心健康，这样的企业大学很有价值、很有意义啊！"许多人这么说。

还有一位被各种亚健康毛病困扰多年的女同事直接给我发了微信："非常感谢你们组织这么有意义的养生活动，让我们将健康养生进行到底！"

我自己当然也是受益者，在使自己身心得到缓解的同时，也能利用学到的知识为同事、家人处理一些简单的健康问题，真是件两全其美的事情。

此行本来就不是为旅游而来，我们丝毫不因为雁荡山的缺水而遗憾。每个晚上下课后，照例在酒店周围散散步，消化一天所学。早上起来也要走上一段路，看看满目青山，呼吸一下新鲜空气，自有一番喜悦在心头。

清代诗人江弢叔赞曰："欲写龙湫难着笔，不游雁荡是虚生。"

我们这次在雁荡山的几天经历，同样不虚此行！

（2020 年 12 月 14 日）

偷偷摸摸杀年猪

又近农历年关，幼时那些关于杀年猪的情景由远及近，成为脑海里挥之不去的画面。

我想起的不是一户人家杀年猪、七家八家来帮忙、热热闹闹"吃庖汤"的场景。而是在某些特殊年份，"上级"不允许杀年猪，只能偷偷摸摸杀，杀了也不敢张扬的情况。

那应该是在"文革"后期，村里仍属"集体所有制"，除了自住房里的东西，几乎一切都是公家的。自家圈里的耕牛，也属于集体，村民只是代为饲养而已，随时可以被收回去。农民凭工分分粮食，却不能凭工分分年肉，因为集体没有养猪。允许农户饲养几只鸡，可以自己杀了吃，也可以留着生蛋卖了换钱。猪也可以养，但必须首先卖给公社的食品站，价格当然也是"公家"定的"一口价"，没有商量的余地。食品站把猪杀了，行政机关和事业单位职工凭票购买。农户饲养生猪，除卖给公家外，可以杀一头过年，但必须请示"上级"批准，有上级盖了公章的批文才可以动手。否则属于违法，轻者没收年肉，重者公开批斗，甚至被五花大绑游街示众。

我那时应该还没上学，但多少懂点事了。知道最大的上级可能是区革委会，往下有公社革委会、生产大队革委会，决定是否可以杀年猪的应该是公社这一级。印象中有那么一两年，不知道是食品站收购的猪太少，不够供应机关职工还是什么原因，不给农户盖章杀年猪了。农民一年忙到头，平时经常是吃了上顿愁下顿，更难尝到肉味，总想在过年的时候饱饱口福，一大堆孩子也盼着过年"穿新衣、吃嘎嘎"，怎么办？

偷杀！这成了大家无可奈何的选择。

当时农村多数人家粮食不够糊口，养猪全靠打野菜，所以养不了几头猪。养两头的较普遍，一头卖给食品站，一头留来过年。养出的猪肉质很好，但都不肥壮。大一点的卖给食品站了，留下的一般不是太大，七八十斤到一百斤左右，偷杀起来也不那么费劲。群众也很聪明，怕出了事"脱不了爪爪"，就商议从我家开始。父亲是多大的"村官"我不清楚，估计是个生产队长吧。偷杀年猪从队长家开始，出了事法不诛众，要游街要坐牢，自然都是队长来扛了。

既然是偷杀，肯定不敢像往常那样摆开筵席"吃庖汤"。也就找来几个青壮年，天色黑尽以后，把猪诱到"后阳沟"（房屋背后较僻静的地方），一拥而上捂住猪嘴，递刀的人也早已摆好架势，闪电般的一个动作，便把猪结果了。因担心夜长梦多，大家七手八脚处理干净，连猪毛都一扫而光，一行人又转战下一家。差不多就在一夜之间，寨子里几十户人家的年猪就收拾停当了。事后有人问起，也都心照不宣地说："今年我家养不起年猪，肉都没得吃！"

我最怕血腥，往常杀年猪的时候，我都是在后面给母亲打下手，烧烧水，送送柴火，从不敢靠前观看，更不敢搭把手。偷杀年猪的时候，我则主动承担"望风"的任务，带着弟妹到附近的山头，两眼盯着进山的那条路，看看有没有上级闻声而动，前来抓猪。黑夜自然看不清人影，只能看看有没有手电筒的亮光。一旦发现有亮光朝着这山走来，便惊慌失措回去报告。大人们也高度紧张，手忙脚乱地做着各种掩饰，并作疏散状。仔细观察好一阵，发现并无动静，手电筒的亮光只是朝这边山晃了几下，就沿其他方向走了。于是接着干，直到处理完毕。

也算幸运，在我所经历的两三年"偷杀"中，从没遇到上级前来干预，也没听说谁家被上级追究责任的，父亲这生产队长也稳稳当当地做了好些年。

后来我想，也许不是上级不知情，而是他们也有难言处。不少上级来自农村，深知农民的不易。说不定他们自己家、他们的亲戚家，也都在偷杀呢！所以，他们也只好睁只眼、闭只眼了。

…………

时光如流水，带走了过往的日子，却带不走我少年的记忆，带不走记忆中那些担惊受怕的感受。以致每每耳边响起一些鼓噪回到过去的声音，我便会本能地反胃。

（2021 年 1 月 24 日）

茅台镇上闻酒香

车沿赤水河畔蜿蜒而行，山在眼前忽隐忽现。

这是云贵高原的一大特征，村与村之间，乡镇与乡镇之间"隔坡抵坳"，看上去没多远，走起来却要费不少时辰。晚上行走，村庄或者乡镇所在地有电、有灯光，而在到达村庄或乡镇的那段路上却又暗黑无比。山峰就在这明明暗暗中闪现，给远道而来的旅人增添了几分神秘感。

2021 年元旦，我到遵义市仁怀县茅台镇旅行，下飞机已是傍晚，在从机场到茅台的途中，感受到的便是这般景致。

茅台镇因茅台酒而出名，而茅台酒的出名却因两件事：一件是1915 年在巴拿马万国博览会上，工作人员不经意的一"摔"，使其香飘海外，获得了那届博览会的金奖，自此与法国科涅白兰地、英国苏格兰威士忌一起被誉为世界三大蒸馏白酒；另一件是 1935 年中国工农红军长征途经茅台镇，战士用茅台酒洗脚意外地治好了脚伤的故事，伴随红军"四渡赤水"的壮举，从而家喻户晓。

其实两件事都有某种偶然性，而偶然背后的必然则是茅台酒不可替代的优良品质。偶发事件的出现，使其脱颖而出。茅台酒犹如一位美丽可人的大家闺秀，曾经是"养在深闺人未识"，一朝出阁，惊艳了世人！

茅台酒的伟大，不仅在于它打造了一个享誉中外的白酒品牌，还在于它带火了一个产业，拉动了一方经济。"第一酒镇""中国白酒圣地"的殊荣，既是茅台镇源远流长的酒文化积淀的产物，也是茅台酒声名远扬的品牌加持的结果。漫步茅台镇，随处可见各种品牌的酱香白酒，茅台、国台、天台、钓鱼台、金酱、糊涂、帝赐国、肆拾玖坊……这些是我熟悉的，还有很多是第一次见到。谁也说不清茅台镇上大大小小的酒厂到底有多少，但不得不承认，"美酒河"（赤水河）的滋养，再加上茅台酒的影响，使这些酒家戴上了"茅台"的光环，只要不是经营水平太差，也都获得了很好的收益。造酒、卖酒，也就成了当地民众脱贫致富的一条重要途径。

随意走进一家名叫天台的酒厂，也就是当地人所说的"四台"之一。厂房远离闹市，坐落在一个缓坡上，依山傍水，云遮雾绕，宁静中颇有几分仙气。厂区有很多标志酒文化的设施，大楼也建得古香古色。楼里有展示区、品酒区，还有国家级品鉴师在现场娓娓道来地讲解。车间里，生产线紧密有致，只看见一瓶瓶刚装好的酒沿着自动线有序流动，听不见人群嚷嚷机声隆。这仿佛不是一家工厂，倒像是走进了一个琳琅满目的酒文化"大观园"。

据介绍，天台酒厂拥有 20 多年历史，在酒香遍地的茅台镇上有着良好的口碑。近年来，他们主动走出"深闺"，寻求向外拓展之路，得到了远在浙江创业的许多贵州籍人士的大力支持。

我在这里巧遇浙江省贵州商会会长、杭州德睿医药有限公司董事长李天佐先生。他和其他贵商一起，利用元旦小长假返乡考察，目的地直指天台酒厂。不仅如此，他们还邀约在浙江创业的其他省份的客商一同前往，让更多的人了解贵州、支持贵州。各地客商们被茅台镇风土民情及天台酒厂欣欣向荣的风貌所吸引，现场订下了数万斤的天台酒。以上海著名企业家吴征为主席的浙江省异地商会联盟，还与该厂签订了合作发展框架协议。

虽然我是贵州人，但不会喝酒。身临其境，却很为家乡酒业受到如此青睐而高兴，也为在外贵商们情系桑梓、积极推动"黔货出山"、助力家乡反贫困事业的义举所感动！

　　行走茅台，不仅处处酒香，还有那份令人自豪的红色历史。在茅台的几天中，一有空我就到处转。在当地朋友的热心安排下，不仅观赏了中国酒文化城、茅台镇 1915 广场，也探访了红军四渡赤水纪念园。这个纪念园，比起外地一些纪念题材的景区，面积不算大，却很精致。园中建有茅台渡口纪念碑、红军四渡赤水纪念塔、红军四渡赤水大型浮雕墙、国酒与长征陈列馆等，将一段远去的历史浓缩在眼前。踩在这一片土地上，耳畔回响起当年那些英勇的红军战士们冲锋的号角。

　　"那是 1935 年 3 月 16 日早晨，红军工兵连到达茅台，架设起浮桥。中午，红军在茅台从容有序地渡过赤水河，有一部分由茅台镇百姓撑船过河。红军一个营在茅台渡口 15 公里的草帘溪涉水过河，一个连在茅台上游 54 公里的鄢家渡涉水过河。至 18 日晨，红军全部渡过赤水河，进入川南地域。红军在茅台三渡赤水后，蒋介石急调重兵围剿，企图把红军消灭在古蔺地区。当敌军向古蔺合围而来，包围圈尚未形成之际，红军又于 3 月 21 日晚，突然杀了个'回马枪'，秘密地第四次渡过赤水河，重回黔北，占据沙滩、合马、三合、火石、大坝、高大坪、喜头、学孔、苍龙、坛厂、长岗等地。3 月 31 日，又神不知鬼不觉地从大塘河、梯子岩南渡乌江，跳出了国民党军的包围圈，甩掉了敌人的围追堵截……"

　　陈列馆工作人员绘声绘色的讲解，把人带进一段火红岁月。联想到当下如火如荼的时代变革，一种豪迈感油然而生。仿佛百战归来的将士，喝罢壮行的茅台酒，又将迈上"新长征"。

　　古有"川盐走贵州，秦商聚茅台"之说。

　　而今走在茅台镇，最强烈的感受是新一代茅台人沿着先人足迹继往开来的那股豪气！

（2021 年 3 月 9 日）

讲 台 风 波

　　我已离开中学讲台多年，但有件事一直藏在心底，每每想起总是如鲠在喉。

　　我是 1987 年毕业分配到老家的县城中学任教的。"全民经商热"是那时候的标签，社会流行着"造原子弹的不如卖茶叶蛋的""拿手术刀的不如拿剃头刀的"种种说法。"老师厌教，学生厌学"成为一种普遍现象，老师罚学生、学生打老师的事情也时有报道。说白点，在当时情况下，作为老师，真有点"斯文扫地"甚至"斯文不如扫地"的感觉。

　　初上讲台，我也就二十来岁，个子也不高，在我任课的高中班，有的学生站在讲台下还高我一头。不知道是否因为这样，有些学生不把我这个老师的话当回事，甚至不把我这个老师放在眼里。

　　大概是教高二年级那年夏天，梅雨时节。一天上午，因为下雨，课间操暂停，学生们都待在教室。接下来的一堂课轮到我上，走在教室外面便听见学生们吵吵嚷嚷。刚进教室，一眼便看到黑板上歪歪扭扭地写着几个粉笔字："尿老师！"字还很大，生怕不够夺人眼球似的。我本姓廖，何时变成"尿"了？我顿时气不打一处来。我的气，不光是愤怒于某个学生的缺德，也恨班干部们不作为，平时不是都要求在上课前把黑板擦干净吗？不是都排了值日吗？若是班干部们有点责任感，提前处理掉了，我没看见也就罢了。怎么今天……看来这些学生真是无法无天了！

那一刻，我的自尊心受到严重打击，我的脾气雷霆般爆发出来。

我大声要求搞恶作剧的学生自报家门。开始没动静，然后我说，今天这人不找出来，课就不上了。于是，学生们的眼睛齐刷刷看向同一个学生。这个学生可能也自知躲不过去，慢吞吞地站了起来。意想不到的是，那并不是大家通常认为调皮捣蛋的学生。他来自农村，家庭条件不好，平时无多话，也不惹事，属于"闷葫芦"那类。我以为他会为自己犯下的错后悔，主动承认一下错误，我也就顺坡下驴消气了。谁知他竟站在那里满脸嬉笑，不发一言，这让我火冒三丈。我把这个学生痛斥了一顿，顺带把不作为的班干部和熟视无睹的其他同学教训了一遍。

"下学期你别再到这个班了，你这样的学生我教不起！"我几乎是歇斯底里地吼叫道。

这堂课自然没法上下去。我在教室发完火后回到办公室，立即报告了学校领导，领导也认为这个学生的做法太过分，太缺教养，安慰了我几句。估计是领导找这学生谈了话，或者是他自己意识到了什么，之后的课堂上变得格外老实，其他学生可能也多了一些自觉性，类似的事情没再发生过。

接下来是高三年级，我仍兼任这个班的语文教师，但不再是班主任。不当班主任，也就不太在意多一个人少一个人。但从多次批改作业中还是发现这个学生没来了。我以为他转到别的班级去了，问了几个班主任，都说没有这个学生……而随着这个学生的消失，这件事也就慢慢在我的记忆中淡去。

我在七年的教学生涯中，至少送走了两三届高中毕业生。由于地区差异，首次高考就能上线的并不多，相当一部分人通过复读考上大中专学校，其他人则走入社会，或招工就业，或回乡务农，要么就外出打工了。但不管怎样，也都是正常读完高中的，未及毕业而被我"骂"走的，可能仅此一人！

这些年来，随着岁月的流逝，尤其是远离故乡多年后，时常会想起过去的一些人和事来。越发觉得自己当初年轻气盛，在有些事情的处理上实在是有欠妥当的。以那件事情而言，学生的行为固然伤害了一个人民教师的尊严，但我个人的尊严真的那么重要吗？况且，自己班上出现这样的情况，虽有社会不良风气影响的原因，不也有自己教育不力、思想工作不到位的因素吗？我说不让他来读书虽是气话，不也像他在黑板上给我改名换姓那样让人难堪吗？以那个学生的成绩，高中毕业未必能考上大学。但有个完整的高中学历，即便出去打工也会多些机会啊！

　　我常想，如果时光可以倒流，还是不幸遇上了类似的事情，我该怎么做呢？断然不会如此简单粗暴。我不止一次勾勒过这样的场景：当我走进教室，看到黑板上的字，学生们又都闹哄哄的。我先不忙着探求真相，而是先让自己的情绪镇定下来。很多事情往往这样，当你自己乱了阵脚的时候，下面更乱，而当你镇定了，下面会顿时鸦雀无声。然后，我以调侃的语气说道："看来我真是一个不合格的语文老师哈，教出来的学生连我名字都不会写！"接着，自己把黑板擦掉，开始上课。下了课，我会说，是哪位同学写的，请到我的办公室谈谈，我将既往不咎。这样，如果学生来了，听完他讲述，看看他的态度，给他一些引导教育，希望下不为例，也就过了。万一学生不来，我会找班干部了解情况，然后和当事人谈话，当然也以批评教育为主，不会责令他退学。并以此为契机，整顿班级纪律，重塑班风学风……

　　但岁月不可重来，时光不会倒流。我没有机会去弥补曾经的过失，只能通过这篇文章表达自己的歉意，并寄望于年轻的同道们以此为戒了。

（2021 年 6 月 17 日）

向女学生致歉

我的职场第一站，是在家乡的县城中学当了一名高中教师。去报到之前，父亲反复叮嘱，要注意这样注意那样，尤其是不要在个人感情上犯错。

"很多革命干部，各方面都好，就是在个人感情上出了作风问题被开除甚至坐牢的！"父亲说。

他说的"革命干部"泛指公职人员，自然也包括我这样的人民教师。

父亲虽不是革命干部，但他是抗美援朝老兵，还当过几年班长，复员后一度担任生产大队支部书记。他见过的革命干部不算少，因此他的话在我心里具有不容置疑的权威性。所以，最初几年间，我刻意保持着与异性的距离，对女学生尤其如此。

但毕竟是县城中学，又是高中部，学生们正处青春期，许多女生出落得亭亭玉立，还是很有吸引力的。而这个阶段的女生大多懵懵懂懂，对年轻的男教师会有一种盲目的崇拜。如果缺乏定力，是极有可能导致"师生恋"，弄得不好，真会把自己搞得身败名裂的。

在我班上就有一个女生，来自省城，应该是挂靠某个亲戚到这上学的。这个女生长得漂亮，身材姣好，与其他女同学相比还高出一头。她说话温言细语，行为举止也不那么张扬，颇有小家碧玉之美。但她成绩不好，也不怎么努力，说不上对她有什么特别的感觉。

高二年级下学期，正值夏天。我们那里属于南亚热带气候，到了这个季节真是热浪滚滚，暑气逼人。加之又是下午，大家都犯困，我在台上讲课，不少学生在下面打瞌睡。我索性走下讲台，边走边讲，以此唤起同学们的注意力。当我走到那位女生旁边的时候，她冷不丁拿出一张折叠好的纸条塞进我的裤子口袋。由于过分紧张，纸条掉到了地上，学生们的眼睛也都被这一举动吸引过来。当时，我的第一念头是，这学生怎么这样胆大妄为，竟敢在课堂上戏弄老师。我拾起纸条，当众撕掉，并批评她上课不认真，有意扰乱课堂，影响他人学习。她也不搭话，把头埋下来，似乎在流泪。

下了课，我回到宿舍。怒气未消，她敲门进来。宿舍很简陋，只有一张床、一张书桌、一个座椅。我自己坐床沿，让她在椅子上落座。

"老师，我错了！"她先开口。

然后她说："我写给你的纸条不是诚心要冒犯你。既然你都撕掉了，我就当面告诉你吧。你知道我不是这里的人，如果不是底子太差，也不会到这来读书。以我这样的成绩，要考上大学是不可能的，心里很苦闷，所以想听听你的意见。我家在省城还是有点门路的，如果我现在回去，可以去读幼儿师范，将来当个幼儿园老师，也可以通过招工到国营单位上班。老师你喜欢我做什么呢？我都听你的。如果你让我读完高中，我就再坚持一年。"

到这时候，我明白她的举动并非恶作剧了。这是一个学生迷茫中的求助，即使有那么一点点其他意思，也不该小题大做。我应该疏导她，帮她一起分析各种选择的可能性，帮她找到清晰的未来。但我没有这样做，还是有一种急于撇清关系的心理。我对她说："作为老师，我对每个同学都是一样的。你在这里一天，就是我的学生，不在这里了，我就管不着了，所以你的未来要靠你自己拿主意，我不能帮你做决定。"

她站起来，说："好的，老师，我知道了！"转身出门。

高三年级开学，她果然没来，我也没询问。那个年头没手机没微信，也没留下别的联系方式，想询问也无处可问。分别时的"再见"，往往是再不会相见。

　　大概过了四年时间吧，那时我已调到县里一家机关单位工作。有一次，应该也是夏天，我到省城出差。走出客车站，迎面是一座立交桥。我走过立交桥，在另一端落地的时候，耳边随风飘来一句熟悉的声音："老师！"依旧温言细语，但听起来非常舒服。

　　循声望去，大概十米开外，一家商店的门口站着一位似曾相识的女子，随后便听她自报家门。脑海里掠过片刻迟疑，她的印象又在记忆中鲜活起来。

　　她把我领进店里，第一句话就是，"老师，你还生我的气吗?"接着给我讲了当初的困惑，没想到那件事会给我造成不好的影响，太不应该了。她回城后不想再读书，就进了这家商店，事情不多，收入一般，但以她自己的能力已经很满意了。

　　眼前的她，脱掉了学生的稚气，漂亮中多了几分成熟的气质。即使走在人群中，也难掩她的天生丽质。我没敢问她是否成家，但心里想，以她这样的美丽大方、温柔宽厚，谁娶了她都会幸福的。

　　"早就不生气了，老师那时太不明事理，无意中伤害了你，还怕你一直生我的气呢，今天就算我正式向你道歉!"我对她说。

　　相视一笑，多少往事化云烟。

　　…………

　　一别多年，音讯全无。如今她也已人到中年，早就为人母了吧，不知道她过得怎样?唯愿一切安好!

（2021 年 6 月 20 日）

那些年我给学生讲过的故事

我的职场第一站，是在故乡的县城中学做了一名高中语文教师。

我当语文教师，最不喜欢照本宣科似的讲解，尤其是每篇课文从中心思想到段落大意，再到字、词、句千篇一律地说教。因为我是过来人，我的经历告诉我，学语文本该充满乐趣，因为我自己常写作，我的经验告诉我，没必要把自己弄得苦哈哈的。

在时间允许的情况下，我通常会结合课文教学，带着学生就近开展田野调查，让学生亲近大自然、探究大自然，把他们的所见所闻写出来。我会根据情况，事前或者事后告诉大家，我们将去或者已去的某个地方有些什么样的历史典故。

比如有一次，学到几篇游记，我带大家游览了县城有名的王乃山。此山不属于旅游景点，自然也无导游，我就是现成的导游。游览过程中，我问大家："你们知道王乃山这名字是怎么来的吗？"大家面面相觑，回答不上来。那时没有互联网，也没手机，谁都不可能在短时间内查到相关内容。

我告诉大家，这座山据说原名叫仙女山，为什么叫仙女山，自然有其讲究。而后来叫王乃山，与元末明初的一次农民起义有关。这场延续三十多年、影响范围波及十多个省份的农民起义，领头人就叫王乃，是一位布依族青年。他们以仙女山为据点，广聚天下豪杰，多次打退来犯官军。但终因寡不敌众，最后失败。当地人民为了纪念他，遂将山名改为王乃山。历代文人墨客多有诗文描述，最有名的是 20 世纪 30 年代当地县长写的一首诗："推窗遥望大山横，王乃犹如半天云。英雄挥剑登绝顶，俯瞰大地白云生。"

学生们普遍缺乏思考和联想，局限于"眼中的景"，而眼前这么一座普普通通的山，在他们眼里实在没啥风景可言的。但经我这么一说，学生们来了兴趣，游得更有劲、看得更认真、想得更深入，明确在眼中的景外还有心中的景，在自然的景外还有人文的景。归来我便组织学生结合所学课文进行讨论，并让大家灵活运用课文中介绍的时间顺序、空间顺序、移步换景等手法，自拟题目写一篇作文，起到了举一反三的作用。

我们老家属于革命老区，我给学生讲的故事中有不少红色故事，其中一个至今记忆犹新。

那是针对一些少数民族学生，尤其是农村女生比较自卑、对前途没有信心的状况，我把自己从当地文史资料中看到的一位苗族女英雄的故事讲给这些学生听。

这个故事说的是，有一位苗族女子名叫熊三妹，出生在一个非常贫困的家庭。6 岁那年，因父亲病故，家庭生活陷入困境，她被迫做了童养媳。9 岁的时候，又到一个国民党保长家里当丫鬟。她的童年和少年，受尽了折磨和欺凌。

1939 年 5 月 21 日，不堪重负的苗民们揭竿而起，成立麻山抗暴民团，推举熊三妹的哥哥熊亮臣为头领，熊三妹是积极支持者和参与者。苗民们的抗暴斗争，引起了国民党当局的不安，连续派兵清剿。熊三妹两度落入敌手，备受摧残，矢志不移。1947 年的一个晚上，熊三妹机智地夺取枪支马匹，星夜逃往广西，与尾追而至的大队敌兵展开激战。熊三妹不离马背，双枪齐发，连毙 2 人、伤 1 人，终于脱离虎口，在广西见到哥哥熊亮臣和中共地下党黔桂边区负责人赵世桐，参加了共产党领导的游击队。

转眼到了 1951 年 3 月，全县宣告解放。熊三妹亲率民兵参加清匪反霸，先后俘获匪首 16 名，打死 1 名。国庆三周年的时候，县城上演活报剧《熊三妹捉匪首》，受到了各族群众的称赞。

故事当然并未就此结束。

1956 年初，在隐藏的敌特唆使下，麻山地区发生骚乱事件，影响波及周边几个县，事态极为严重。熊三妹冒着生命危险打入敌人内部，耐心向被蒙骗的群众宣传、解释党的民族政策，分化瓦解敌人，在上级组织的领导下，终于平息了事件。此后，熊三妹受命担任副县长，成为本县历史上首位女副县长。

…………

当年我讲这些故事，只是"就地取材"，以家乡英雄人物的事迹鼓励农村孩子们胸怀大志、自立自强、勇于面对困难、开创美好未来。现在看来，还有传播红色文化、激发红色动力的功效。

我不仅讲故事，也写故事，上面这个故事，我曾整理成《传奇英雄熊三妹》一文，发表在当时的省报上。我甚至想过，有朝一日，争取把这个题材写成电影或电视剧本，搬上银幕，让更多的人群受到教益。只因为生存与发展的需要，我离乡背井远走他方，这一愿望无奈搁浅。

欣慰的是，那些听过我故事的学生们分布各条战线，以他们各自的方式，创造自己的人生精彩，呈现自己的人生故事！

(2021 年 8 月 23 日)

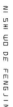

第三辑

 你是我的风景

人是人的风景，她是他心中最美的"风景"！

多 年 以 后

电话响了，她接了起来，是他打的。

他是她的初恋。

那时，她是一个带着青涩的高中在校生，他是一个初中没毕业就离开学校的"商二代"。他的父母在南方一座城市经营小本生意。

他们疯狂的爱恋招致了她家人的强烈反对，她的父母希望她认真读书，以便有一个美好的未来。他们选择在一个月黑风高的夜晚私奔。她的亲人沿路追赶，最后在一个地方小站将她拦下。她被带回父母身边，继续读书。他则只身南下，期待来日的重逢。从此，他们天各一方，但惺惺相惜，如牛郎织女遥遥相望。她常常躲过父母的视线和他联系，一封信、一个电话，牵起相思无限。

有一阵子，他们的联系突然中断，她写信，他不回；给他打电话，是长长的忙音。直到半年以后，她接到他父亲的电话，说他在一场突如其来的火灾中受伤，变得不成人形，让她忘掉他，重新开始自己的生活，随后永久停掉了电话，再也联系不上。欲哭无泪，欲语凝咽。她像掉进了冰窖，好长好长的日子，她的心，走不出阴暗。

用一般讲故事的套路，那该叫多年以前了。

多年以后，他已娶妻生子，成家立业（他的家人告诉她的）。她也从大学毕业，有了一份还算不错的工作，有了一个还算心仪的男友。用她的话说，刚开始心里有些抵触，难以接受另外一个男人。

即便在他们相好之后，还是会常常想起他。想起他的时候，她泪眼蒙眬。而现在，她已完全放下，心里不再有他，梦里不再有他，泪光里也不再有他。

而偏偏在这个时候，他却打来了电话。

"你好吗？"他说。

她有那么一秒钟的迟疑，随之，一个模糊的印象跃入脑海。她听得出来是他，但一时竟想不起他曾经的模样，更想象不到他现在的模样。

"还好！"她答道。

她没有他想象中的激动。她不知道该对他说些什么，只是尴尬地笑笑。

他说："你变了，现在说话也这么斯文了。"然后补充一句，"你的笑声还没变。"

她不知道该说些什么，还是尴尬地笑笑。

既而，她也问道："你还好吗？"算是回敬。

"就这样呗。"他回答。

他像是在无话找话，她像是在找话无话。

最后，他叹道："哎，日子过得真快，很多时候觉得自己还是个孩子，可一觉醒来，发现身边躺着的孩子都已经好大了，真是不可思议。"

她也不知所云地说了几句，然后以一句"祝你幸福"，匆匆结束了这场对话。

…………

时间真是会冲刷掉很多东西的。即便是曾经那么爱死爱活的一对，经过了时间的冲刷之后，也会变得空寂、变得平静、变得杳无踪迹。

世事无常。

多年以前的你我，多年以后，是否早已相忘于江湖？

（2011 年 11 月 15 日）

爱 的 理 由

她是个十足的美人，她的美让人惊艳，她的美让多少男人直叹："相见恨晚！"

她却告诉人们，她已嫁人。按照世俗的眼光，结婚对象既不是"高富帅"，亦非满腹经纶之人。他只是个普通的车间工人，家境普通，长相普通，个人能力也普通，但他们很相爱，结婚是他们相爱的证明。

她的日志里，晒满了他们相识、相知、相恋、相结合的片段。不期而遇的惊喜，第一次亲热时内心的忐忑，在外生病时有他照顾的温暖，每一个生日他为她精心准备的富有创意的礼物，新婚的欢悦……

那些一路走过的日子，令她回味无穷。

"走在一起是缘分，结合在一起是幸福！"说着这话的时候，她脸上的笑容灿烂得像一朵花。

有人质疑过她的选择，有人问过她爱他的理由。

姐妹们对她说得最多的是，"凭你的天生丽质，完全可以找一个条件更好的！"

她说，如果非要列出几个硬性的条件，像买卖东西一样货比三家，少一分不卖，缺一寸不买，恐怕难以找到真正的爱情。她只觉得，跟他在一起，她能感觉到自己真正是被重视的，是被关心被呵护被需要的。离开他一天，她就会有失落感、空虚感、百无聊赖感，有地球要被毁灭的感觉。此外，真的说不出更具体的理由。

　　…………

　　是啊，爱需要什么理由呢？

　　爱的唯一理由，便是爱！

（2013 年 8 月 16 日）

初恋的情节

一个女生说起她的初恋。

那是她刚进大学的时候，她常到学校图书馆去看书。说是看书，实际上多数时间她都是手里拿着书，却戴着耳机在欣赏音乐。她发现，图书馆的一角常有一个男生，如她这般，手里不经意地翻着书，耳朵上却挂着个耳机，不时摇头晃脑，如痴如醉的样子。那男生面目清秀，喜欢穿件白色的衬衫，看上去属于比较干净清爽的那类人。她对他产生了强烈的好奇心。

她开始主动接触他，和他聊音乐、聊学习，也聊生活。他是和她同一专业的一位师兄，这使他们从一开始便有了许多共同的话题。渐渐地，她发现自己越来越离不开他，他也似乎很乐意和她在一起。

有一天，他说："做我的女朋友吧，但我们的关系不能公开！"

她想都没想，点头同意。

从此，她成了他的女朋友，确切地说，是他的"地下情人"。在公开场合，他们若无其事，但在课外，他们频频约会。她迁就他、包容他，在他不开心的时候安慰他，甚至满足他的一切有理无理的要求。

她说，她没想过他们会有什么样的未来，只是心甘情愿地和他在一起，心甘情愿地为他奉献一切。

这样的日子持续了一年多。一年多的时间里，虽有苦涩，但更多的感觉是甜蜜。

突然有一天，他说："我们分手吧，我们不适合在一起！"

她在短暂的惊异后，含着泪答应了他的要求。

不久，她发现他有了新欢，经常出双入对地出现在人群里。她说不上羡慕，说不上嫉妒，也说不上恨。她一直觉得，这个男人装在自己心里，好像从来就没有走开。

他还是时不时约她见面。而每一次，她总是半推半就如约而去。

他对她说："我现在的女朋友很任性，我还是觉得和你在一起开心些，我只是不想耽误你才和你分手的！"她居然也相信。不是相信，是她骨子里始终深深地爱着这个男人。即使分了手，她也无怨无悔地为他承受一切。

再后来，他们先后毕业。他结了婚，她有了新的男朋友。男朋友很爱她，她也很爱男朋友。在她结婚一个月左右，他来找她，一起吃了饭，然后他提出去开房。而这次，她选择了拒绝。

她说，初恋已死，与初恋有关的情节早该结束了。

她的意思很清楚，她要与过去做一次彻底的诀别。

问世间情为何物，直叫人念念不忘？

叹世间男女，常常要等到下一段故事开场，才有勇气放下所有的过往……

（2013 年 9 月 15 日）

你是我的风景

　　一个男人久居"天堂"杭州，西湖景点耳熟能详。久而久之，竟至熟视无睹、麻木不仁。偶有三朋四友相约游湖，他说："有什么好游的，走个腰酸腿软，还不如在家睡睡懒觉！"在与外地朋友交流中言及西湖，他也说："西湖美吗？我不觉得啊，天下的湖看多了感觉都一样的！"

　　但有一天，一位女子路过杭州，要在杭城逗留一天，约他一同游湖，他竟欣然作陪。那是他暗恋多年的一个女子。当年因为自卑而羞于表达，刚刚有了一点自信她却已花落别家。一份爱恋在他内心生根、发芽，却永远无法长大、开花。她是他的女神，任凭光阴流转，岁月飞逝，他不曾淡忘过她。如今，她如从天而降，怎不让他喜出望外！

　　她是第一次游西湖，看到什么都好奇。他是第一次陪伴她，更是兴致勃勃。他领着她，漫步"苏堤春晓"，近两公里的路程丝毫不觉疲惫；他们乘着船，观望"三潭印月"，那起起伏伏的水波令他流连；他们走进"雷峰夕照"，那夕阳下的雷峰塔，让他的思绪缥缥缈缈，飞得很远很远……

　　美丽的时光总是匆匆而过。当他们游完"柳浪闻莺"后，夜幕已徐徐落下。他们选了一个靠湖的小餐厅坐下，一边品尝着"西湖醋鱼"，一边回味着西湖的美景。

　　他对她说："可惜时间太短了，好多地方都没有走到呢！"

他想给她留下一点念想，期盼她的再次到来。他要把西湖，不，连同他，都装进她的记忆。有她相伴，西湖看不够。当然，最看不够的是——她。

原来，人是人的风景，她是他心中最美的"风景"！

（2013 年 9 月 23 日）

对面躺着个大美女

从温州乘动车回上海，因买不到普通坐票，破例享受了一次高级软卧。

车厢里就两张床位，我占一个。随后进来一位年轻女子，她占另一个。女子身着短衫短裙，好脸蛋，好身材，纤纤玉手雪白腿，颇具当下"美女"的范式。可以说，除了不满意她一上车就不停吃零食的举止，总的看上去还是让人赏心悦目的。

因旅途疲累，我一会儿躺着，一会儿坐着。她也一会儿躺着，一会儿坐着。我躺着的时候她坐着，我坐着的时候她则躺着。她躺着而没睡着，饶有兴致地玩着手机。我躺着也没睡着，美人在侧，岂能酣然入眠？

咫尺之隔，呼吸之声相闻，女子偶然乍现的"风光"也在视线之内。萍水相逢，只有欣赏，并无邪念，甚至也没有搭讪相识的想法。自始至终，我们没说一句话，连相视一笑的情节都没有，到站后各奔东西，茫茫人海了无踪迹。

我在心里琢磨：假如我想和她交流，该从哪里开场呢？

直呼一声"你好"吗？已经错过了最佳时机。如果她刚进门时我主动问候一声"你好"，会拉近彼此的距离，或许可以展开话题。这时候才招呼人家"你好"，就有点莫名其妙了。

问她一声"嗨，你到哪里去"吗？可进门的时候，乘务员已问过她，也到上海。再明知故问，不是太假了吗？

问她"去上海干什么"吗？又有点打探别人隐私的味道。

那么，问她芳龄几何？那更是犯了初次见面"男不问收入，女不问年龄"的大忌。

总之，如此近距离地相处了几个小时，我始终没有想出打开话闸的最好方式。

…………

世界很大也很小，素昧平生的两个人竟会孤男寡女同处一室，度过一段难忘的旅程。

车厢很小也很大，心灵的阻隔，竟让彼此的"距离"如此遥远……

（2013 年 9 月 28 日）

错　爱

　　一个女人大老远地从上海跑到北京看一个男人。

　　他们"相恋"已久，电话里倾诉，网络上传情，但像这样千里迢迢的约会，还是第一次。

　　她为即将到来的见面激动不已！

　　但她乘兴而去，回来的时候，却有点心灰意冷的感觉。

　　"我觉得他不是真爱我。"她说。

　　她以为，当她走出火车站，见到他的那一刻，他会情不自禁地奔向她，强烈地拥抱她。事实是，当她在冷风细雨中见到他的时候，他只平静地叫了她的名字，然后接过她的行李径直走向出租车。到了车旁，他把她安排坐在后面，他自己坐到了副驾驶的位置。一路上他不停地与驾驶员搭讪，似乎压根儿就没顾及她的存在。

　　她以为，当他们相聚的时候，会有许多意犹未尽的情节。事实是，她所想象的一切浪漫没有发生，他很快就呼呼大睡。

　　她以为，当他们分别的时候，他会难分难舍，深情吻别。事实是，当她提出返回的时候，他马上就给她买票。买票时需要输入她的手机号码，他竟然记不住……

　　她把她的失望告诉了男人。

　　男人的解释是，不在火车站亲热是因为他不习惯这种"开放式"的表达。自己坐在副驾驶的位置，是因为担心司机找不着路，他要在前面带路；见面之后的呼呼大睡，的确是因为工作太累，身体太困。至于说记不住她的电话号码，是因为号码存在手机里，平时随用随调，没有刻意去记住。

"这不能说明我不在意你，更不是故意冷落你！"他说起来，也是满腹委屈。

…………

一个外向热烈，一个深沉拘谨；一个渴求浪漫，一个报以理性。站在各自的角度，没有谁对谁错。但既然有一个人对这样的方式不理解、不接受，这"爱"本身，或许从一开始就错了。

（2013 年 11 月 5 日）

找个男人作保镖

世间男女，结婚为了什么？

有一个回答出人意料：为了保护自己！

玲子的故事就是这样的。

她是一位温州女子，长得漂亮，行事乖巧。有大学学历，有相对稳定的工作。但她却在个人感情上连连受挫。用她的话来说，叫作一塌糊涂。

玲子并非没有感情经历。她曾在大学谈过一次恋爱，两情相悦，却无疾而终。之后若干年间，虽没少接触男人，但要么她不喜欢人家，要么是人家看不上她，要么就是已经结了婚的主。偏偏她是个不愿将就的人，非爱不结婚，非结婚不相爱。这样一拖再拖，不知不觉就进入了"剩女"的行列。

她曾想，如果找不到相爱的，那就终身不嫁吧。但一想到老来膝下无儿无女、孤苦伶仃的情景，不禁有些怅然。于是，她又想，要是自己经济条件允许，不结婚也行，就找个自己喜欢、也喜欢自己的男人生个孩子，自己养育，不要任何人负担，也不去打扰别人的生活。

当然只是想想而已。她没有遇到心仪的男人，也不敢肯定，遇到了这样的男人她有没有勇气走出这一步。毕竟，生活在俗世，这样的事情还是见不得光的。

就在一天天的等待和遐想中，玲子渐渐韶华不再。家人通过亲戚给她介绍了一位大她几岁的男人。那男的对她一百个满意，她却对他没有丝毫感觉。人长得五大三粗不说，还只是个没有任何特长的初中毕业生！

她问妈妈："我一定要结婚吗?"

妈妈说："当然要结婚，女人不结婚，会被人欺负。结了婚，有个男人在身边，别人才不敢欺负你。"

她知道自己的坚持不一定有好的结果，也知道自己拗不过父母和亲戚们的轮番劝说。尤其是父母年事已高，她一天不嫁出去，终究是老人的一块心病，她不愿意伤他们的心。思虑再三，她应允了这门婚事。

"就当是给自己找个保镖吧！"她自嘲。

于是，就在那一年的春天，在一阵吹吹打打的热闹声中，她把自己嫁了出去……

（2013 年 11 月 20 日）

婚　　礼

这是一场与众不同的婚礼。

新郎新娘都是知识分子，文化品位高，婚宴酒店的规格也高。那是沪上有名的百年老店，据说光是预订这家酒店就等了半年多才轮到。

婚宴门口，新郎身着中山装，新娘穿着旗袍，不停地向赴宴的嘉宾拱手作揖，合影留念。旁边是一个指示牌，标明了每位嘉宾对应的桌号。

兴许是新郎或者新娘喜欢电影，或者是双方都喜欢电影的缘故，每一桌的名单背后都有一部电影名称和剧照，比如《上海滩》《沙家浜》《八千里路云和月》等中国影片，还有很多美国好莱坞大片。不知道把这些电影和嘉宾联系在一起，是随机抽取还是刻意安排的。如果是刻意安排，当中又有什么样的特殊意义。不管是随机还是有意，看到这些电影剧照，会让人想起婚礼之外的许多故事，这倒是蛮有趣的。

婚礼开始前，宴会厅里反复播放的不是流行音乐，而是 20 世纪三四十年代的老歌，我知道的就有一首《夜上海》。这样的音乐，配以酒店古香古色的陈设，给人一种怀旧、温馨的感觉。

婚礼进行中，没有高分贝的嬉闹，没有别的婚礼上常见的让新郎新娘当众亲热或者故意刁难新郎新娘做高难度动作等环节。也没有其他婚礼上文艺晚会似的轮番表演。贯穿全场的是一位黑人歌手

用中文、外语演唱一些与婚礼气氛比较接近的歌曲，如《甜蜜蜜》
《我在春天等你》等。老外半生不熟的唱词，中西杂糅的唱腔，加上
幽默滑稽的动作，让人捧腹大笑。

轻松愉快的气氛中，新人敬上诚意的酒，亲友说着祝福的话。

最真最诚的祝福来自父母。

新郎的父亲致辞说："希望你们相敬如宾，白头偕老。如果有一
天，爱情不在了，希望亲情还在；亲情不在了，责任永远在！"

…………

婚礼只是一种仪式，幸福才是一生的大事。

（2013 年 11 月 23 日）

男人的遗憾

几个男人聚在一起喝酒聊天，其中一个话题是：各自都有什么遗憾？

一个说："我的遗憾是大学毕业的时候，一位当地大领导的女儿对我挺有好感，她父母似乎也比较看好我们的结合。但我偏偏不识相，没有接受她。结果分配一塌糊涂，工作后诸事不顺，以致最终没能在仕途上混下去。"

一个说："我的遗憾是当初关系没打通，改行不成功，一辈子当个孩子王，感觉特没出息。"

一个说："我的遗憾是早些年生意好做的时候，自己瞻前顾后、畏首畏尾，没有听从一位朋友的劝说，和他一起下海经商。如今看到人家住洋房，国内国外跑得欢，自己还守着这点干工资等退休，惭愧啊！"

轮到最后一个。他是大家公认混得最好的人，家有娇妻，官运亨通，会有什么遗憾呢？谁知他说："不瞒你们说，我最大的遗憾是谈恋爱一次就成功了，少看了许多风景！"

此语一出，众皆喷饭。

…………

世人皆有遗憾。但有些人的遗憾对于其他人来说，或许是做梦都想得到的幸运。比如，恋爱一次就成功。

（2013 年 11 月 23 日）

"丑女"变形记

"我昨天遇到一个老同学，漂亮得让我都认不出来了！"燕子说。

燕子是朋友中公认的美人，能让她赞不绝口的会是什么样的绝色美女呢？

戏剧性的一幕发生在当天的一次交流活动上，作为上级领导之一的一位女士一眼认出了燕子，亲热地打着招呼。她却一头雾水，对眼前这个热情有加的美女领导毫无印象，以为对方认错了人。但人家能脱口叫出自己的名字，又怎么会认错人呢？

这时，一位领导走了过来，美女拉过燕子向领导介绍："这是我的高中同学燕子。"

高中同学？燕子在脑海里搜索了一遍，还是没有找到她的影子。

美女接着说道："你还记得吗？那时我是班上最不起眼的一个，经常坐在教室的最后一排。"

燕子这才有所醒悟，想起了这个人，也想起了她的名字。可燕子印象中的这个人，又黑又瘦，戴着副钢牙套，经常端着个小饭盒，看上去并不漂亮，而且学习也不出众，老师和同学都不怎么看好她，如她所说，是"最不起眼的一个"。毕业后，大家各奔东西，更没有什么联系。只听说她谈过一个男朋友，不知是男方嫌弃还是男方父母不接受她，最后分手了。没想到几年没见面，她竟官运亨通，年纪轻轻已是一个局级单位的副职。更不可思议的是，她像换了个人似的，变得如此美丽，光彩照人，而且言谈举止都透出高贵的气质，直令曾经的同学感到一种巨大的"落差"！

"她不会是做过整容手术吧?"燕子猜想。

一部韩剧《大长今》播后，整容概念风靡中国，成为很多女人从"丑小丫"变"白天鹅"钟爱的途径，燕子的想法顺理成章。

本人比较低俗，认为她可能是傍上了某位大官或大款，权力的催化和物质的富养，唤醒了她身上固有的美丽因子。

燕子却不认同。"你们男人总往歪处想，以为女人长得美、混得好就是某种'潜规则'的作用。"

我说："那能是什么原因呢?"

"是啊，究竟会是什么原因呢?"燕子思索。

最后她说："我觉得，既不是做过整容，也不是傍上大官或大款，可能是因为，她本来就漂亮，只是当时不会打扮或者没有条件打扮才没显示出来。大家对她的忽视，反倒使她能够静心修养，提升内涵。而男朋友的离去，使她变得坚强、成熟。没准后来又遇上了真正爱她疼她的男人，加上事业上顺风顺水，她的美丽便被激活了。"

燕子像个心理分析师，娓娓道来。

她的分析虽然有些理想化的成分，但我愿意相信这是真的。

香港作家张小娴有本书叫《谢谢你离开我》。"离开"固然是一种伤痛，但原本不属于你的那个人离开了，就给你腾出了追求自由与幸福的空间。或许，女人的美丽便是在伤痛之后悄然绽放了。

（2013 年 12 月 6 日）

票子·房子·娘子

四人行，走在杭州城。

路过滨江某小区，花园洋房引人注目。

男甲说："听说这个小区普通公寓都要两万多一平方米了，别墅少说也得三四万吧！"

男乙说："这样的房子，我们这些人就是不吃不喝，一辈子也买不起！"

男丙冷不丁冒出一句："买这样的房子，如果娶不到小 Y 这样的女孩做老婆，住着也没意思！"

众男附和，都说是啊是啊，好房配美女，没有小 Y 这样漂亮温柔的女生同住，有啥意思呢？

同行的小 Y 扑哧一笑，脸上泛起红晕，显得更加可爱。

这当然只是玩笑而已。大家是同事，同事之间因熟悉而麻木，因了解而忽视，能够成为一家人的还真少见。何况人家小 Y 早已名花有主了。

但玩笑之中有真理。

有时想想，男人苦苦奋斗，除了冠冕堂皇的"为国家""为人民"外，谁不想买套高档的房子，娶个漂亮的娘子，过上惬意的日子？虽说把爱情和物质扯在一起有那么一点低级趣味的感觉。但如果有条件，谁又会拒绝二者的结合呢？

有了足够的票子，才会买到漂亮的房子（车子等），也才更有可能娶到自己心仪的娘子。

而要获得这一切，前提是必须找到创造价值的最佳方式，而不是按部就班。

（2013 年 12 月 15 日）

北 京 往 事

"北京有很多令人回味的地方，我最难忘的是金宝街。"他说。

金宝街是北京一处汇聚世界顶尖品牌的街道，取名于金鱼胡同与雅宝路的合称。因暗含了人们对金银财宝的追求，加之地处中心区域，成为远近闻名的高端商务圈。

但他对金宝街的好感，不是那无比繁华的街道，不是那金碧辉煌的建筑，更不是那些琳琅满目却贵得出奇的商品。而是，在那里，留下了他的一段美好记忆。

那次，他去北京开会，就住在金宝街。会上与她邂逅，双方都有一种相见恨晚的感觉。于是，他们白天开会，会后则频繁相聚。

华灯高照的夜晚，金宝街似乎穿上了皇帝的新装。珠光宝气的金宝汇购物中心，外表看似唐僧衣冠的励骏酒店，熠熠生辉的顶级跑车展厅，带着狗遛弯的富家太太、小姐，还有手牵手走在一起、不时搂搂抱抱的青年男女，构织成一幅流光溢彩的画面。他们汇入其中，或是漫无目的地散步，或是随意走进沿街的商铺，虽不购买，也可饱饱眼福。

他们更乐意去的是附近的星巴克。他们都看过星巴克创始人霍华德先生创作的一本书《一路向前》，他们都欣赏星巴克"寻求人与利润的平衡"的价值观，都喜欢星巴克的陈设与格调，都喜欢这种格调带来的安静的、惬意的互动体验。

在那里，他们谈生活、时事、各自的家长里短。当然，也谈彼此的好感。

有天晚上，他们和开会的一帮人走进同一商店。嘴甜的售货小姐看着他，一会儿说："这款包提在你爱人的手上多么般配！"一会儿说："这围巾搭在你爱人身上多漂亮啊！"一边说一边不停地取下这些东西往他"爱人"的身上比试。

售货小姐乱点鸳鸯谱，逗得会友们笑话连篇，逗得她一阵脸红耳热。但他心里，荡漾着无比的幸福。

美好的时光总是非常短暂。会议结束，他们各奔东西。生活，又回到原来的轨迹。他用一首小诗，记下了那一刻的心动：

> 一个财富的传奇
> 一段铭心的记忆
> 我和你
> 肩并肩走过
> 从东到西
> 不见金和宝
> 不恋名与利
> 内心满满的
> 都是你……

（2014 年 3 月 7 日）

我想和你好好的

　　《我想和你好好的》是一部电影的名称，讲述的是一个浪漫又虐心的爱情故事。我没看过这部影片，但当我在一本杂志上看到这句话的时候，我被深深地触动。

　　那天是 2014 年的三八节，也是马来西亚航空公司从吉隆坡飞往北京的客机与地面失去联系的日子。我陪同初次到北京的一位女同事逛街，一路上听到议论最多的就是这失去联系的客机，以及机上239 名乘客（154 名中国人）的命运！

　　我们去了南锣鼓巷，这条巷子建于元朝，至今已有 740 多年的历史。南锣鼓巷北起鼓楼东大街，南至平安大街，宽 8 米，全长 786米。它是中国保存最完整、最富有老北京风情的街巷。因其地势中间高、南北低，如一驼背人，故名罗锅巷。到了清朝，乾隆十五年（1750 年）绘制的《京城全图》改称南锣鼓巷。

　　据介绍，南锣鼓巷及周边区域曾是元大都的市中心，明清时期则更是一处大富大贵之地，这里的街街巷巷挤满了达官显贵，王府豪庭数不胜数。直到清王朝覆灭后，这里的繁华也跟着慢慢落幕。

　　我们沿路看到，胡同里各种形姿的府邸、宅院多姿多彩。各种标新立异的个性店铺，遍布街巷的红灯笼，穿街而过的人力车，让人目不暇接，有种穿越时空的感觉。要是在以往，女人们肯定会满怀欣喜，逢店必进，即使不买东西，也要看个究竟。而我，肯定也会对散布其间的齐白石故居、茅盾故居、蒋介石行辕等人文景观情有独钟，再怎么也得拍张照片纪念。但今天，大家似乎都没有什么好心绪，走得匆忙，看得勉强，十足的走马观花。也许是心理作用吧，我竟感觉周围很多游客也都是行色匆匆的，完全没有了平时旅游观光的那种散漫、从容。

在一家叫作"砸摸"的餐厅进餐的时候，满屋食客不谈美食美景，都在谈论关于马航失联的最新资讯，做着各种各样的猜测。

随手翻开店里的一本杂志，就看到了本文开头所说的那部电影介绍。"我想和你好好的"当然是一句爱情独白。而在那一刻，我想到的不仅是爱情，还有亲情、友情；不仅是爱人，还有亲人、友人，还有许许多多熟悉的不熟悉的人。这个世界太无常，生命太脆弱，谁知道下一刻，谁会消失在谁的视野里？所以，我们所能做、也应该做的，就是珍惜身边的所有，希望大家都好好的。

紧靠餐桌的墙壁上，钉满了大大小小、各式各样的纸片，纸片上写着游客们的各种心愿。那些留言，时间有近有远。那些心愿，字字情真意切。

我随手取出一张纸，郑重地写上："我想和你好好的，好好的！"

然后，小心翼翼地钉上……

（2014 年 3 月 8 日）

男 闺 密

她在 QQ 上直呼他：男闺密。

他诧异：男闺密？

她答：是的，男闺密，你是我的男闺密。

她说，仔细想来，自己生活中还真没有一个能称得上闺密的女伴。女人大多爱唠叨，在一起聊的都是些鸡毛蒜皮的小事，她不想像她们一样，变得婆婆妈妈的，更不想成为一个怨妇。就算和她的亲姐妹也一样，虽然她们之间无话不说，感情很深，但还是没有那种闺密般心心相印的感觉。而他不一样，他能在她烦心的时候鼓励她、开导她、宽慰她，在她顺心的时候提醒她、告诫她、鞭策她。他不远离她，也不黏着她。但她总能感觉到他的存在，感觉到自己对他的需要。他的阳刚之气，他对生活的独特理解，总能驱散她心中的雾霾，给她以智慧、方向。

她承认，她很信任他，甚至有些依赖他。她会毫无顾忌地把自己工作中、生活中的点点滴滴，乃至某次身心愉悦的情感体验（当然是和自己男人的）向他和盘托出。他们之间，却无世俗所谓的暧昧关系。她对他的感觉是"心中有牵挂，情感无交集"。有时则是"像我妈一样，在我身边时感觉不到他有多重要，可他刚一离开，我就有点六神无主"。

而在此前，她不叫他男闺密，多数时间直呼其名，或者一上来就以"嗨""哎"称呼。她在温州上班，而他在几百公里外的杭州。

她会在某个心情愉悦的早晨发来一句无厘头的问候："早安，杭州！"他也回应一句："早安，温州！"这时，她会兴趣盎然地向他讲起自己遇到的喜事、乐事，或者分享一些心得。如果某一天她不开心，她会整天不联系他，甚至故意几天不理他。当他"失联"一阵后，她自己倒先着急起来，主动发短信，或者QQ留言，弱弱地问一句："你还好吗？"接着便是竹筒倒豆子似的讲述自己的心事，或是工作中的迷茫，或是生活中的不快，或是一些毫无理由的烦恼。而每一次与他一番交流后，她的心情总会"多云转晴"，重拾生活的信心。

她不知道怎样来界定她与他的这种关系，他也不知道。

也许，"男闺密"是最好的称谓。

（2014 年 4 月 8 日）

爱 的 挽 歌

　　一位 90 多岁的老人溘然长逝，家人在整理他的遗物时，发现了一个厚厚的账本。账本上密密麻麻地记载着他在某一年的每一笔开支。由账本可见，老人一生节俭，精打细算，为人刻板，不像是个很有浪漫情怀的人。

　　意外的是，账本中的某一个角落，竟记录着他的几首情诗。

　　从落款时间来看，应该是在老人去世前一年的事情，地点是在医院。不知是他自己住院，还是老伴住院他来陪护，他似乎在医院度过了不短的时间，使他得以近距离地观察和感受病房里的一切，以致萌生了一番"诗意"。

　　他的诗字体潦草，字迹模糊，有些字很难一眼看清是什么。经仔细辨析、猜测，兹录如下：

一

九月七、八、九日晚
一对"畜生"共一栏
情投意合甜如蜜
上赴战场枪未带

二

十楼三十三病床

一对鸳鸯入"洞房"
情投意合喜爱事
打开动力没油啦

三
今年9月8日晚
一对鸳鸯共一栏
心同意合办喜事
一切爱情风吹致

四
二十三日身意同
天赐良缘知是空
此后想盼来重枕
天南地背（北）在梦中

五
一个人民医院里
出现一对假夫妻
白天都干须（需）要事
夜里都来共枕眠
…………

　　这些诗小范围传开后，有点八卦的人们就在猜测，这是写老人自己还是写别人呢？如果写的是自己，为什么会说"畜生""假夫妻"？如果写的是别人，他又怎么知道人家"上赴战场枪未带""打开动力没油啦"？

　　进一步的猜测是，如果他写的是自己，那么"畜生""假夫妻"

的提法，他是用了幽默、曲笔的手法，避免万一别人看到后，往他身上想。如果写的是别人，那么"枪未带""没油啦"之类的情景，就该是老人的想象了。

触动笔者的是，一位行将入土的老人，面对男女之事，不是心如止水、神经麻木，而是内心波澜不断，"诗意"阑珊。可见，一个人年龄可以老，容颜可以老，但爱情不老、憧憬不老。

这些诗，虽然不押韵、不雅致、不精确，还有不少错别字，显然上不了诗的台面，但它无疑又是诗，是一位九旬老人最质朴、最直白的情诗，是人生最后的爱的挽歌……

（2014 年 6 月 6 日）

不知所终的字典

　　故事的主人公是一女三男，主线是她与三个人之间的感情纠葛。

　　最初，她和第一个男人相爱并结合。他们是大学同学，一个貌美聪慧，一个高大帅气，两人都爱好文艺，这使他们的结合顺理成章。但婚后，他变得暴戾，不节制地酗酒、赌博，酒醉后对她不打即骂，赌输后摔锅砸灶。他们开始不停地争吵，争吵之后是长时间的冷战。就在这无休止的"战争"中，曾经轰轰烈烈的爱情消磨殆尽，婚姻也走到了崩溃的边缘。

　　此间，她邂逅了他，她的第二个男人。确切地说，他并没成为她的男人，最多算是个"红颜知己"。他是期刊编辑，她给他寄去自己所写的文章。她那带着感伤的文字令他心动，而他的朴实、善解人意也让她产生了依恋心理。如她在一篇文章中所说，像是找到了"同路人"。他们互相钦慕，书信往来不断。她的伤痛也在这样的日子里渐渐平复。但有一天，当她把自己已婚并生有一子的事实告诉他的时候，他艰难地选择了退出。不是不爱她，而是他不具备承受世俗误解的心理和能力。当然，他们只是彼此从对方的生活中退出了，却没能从对方的心中退出。他们都投入过真情，不是那么简简单单就"退"得一干二净的。在过后好长一段时间里，时不时他会下意识地写她的名字，用笔在纸上写，或者就用手在桌上画。而她，则常常躲在单位的办公室、家里的浴室里，偷偷给他写信。只是这些信，她写了撕，撕了写，一封也没寄给他。

不知过了多久，小城里传出了她与第三个男人的恋情。他们是同事，是工作上的搭档。朝夕相处中，日久生情。各自离了婚，组成了新家庭。男方的孩子跟了前妻，女方的孩子跟了自己。如果生活就这么平平静静过下去倒也没什么，可接下来的两件事，撞碎了这个新家庭的根基。一次是，男方的前妻去上班的时候，孩子独自在家洗澡，忘了开窗，造成煤气中毒，差点丢了性命。夫妻俩原本就有很好的感情，只是一时冲动才离的婚。这下因为孩子的事又频频联系和来往，大有"破镜重圆"之势，这让她内心无比苦闷。另一次是，她自己的孩子生病住院，需要交几千元的住院费。她自己拿不出这么多钱，分别通知了孩子的生父和养父，希望他们能够支持一把。可生父过来看了看，一分钱没给就走了。养父过来看了看，也是一分钱没给走了。这让她伤心到了极点！

这个时候，她又辗转联系上了第二个男人，即曾经的红颜知己。她常在夜深人静的时候给他打电话，诉说与他分别后的生活状况，诉说她对人生的迷茫与绝望。她说："你帮我随便找个什么人吧，不管他有多老、多难看，只要他真心对我好，我就跟了他！"他当是玩笑，没有理会。

她最后一次给他打电话，是希望他能寄一本《新华字典》给她。

他有些纳闷，她所居住的地方怎么可能连《新华字典》都买不到呢？但他没有问她，他怕她认为自己比那两个男人还吝啬，连本字典都不愿破费。于是，他按她提供的地址寄去一本《新华字典》。过了一个星期，他去电问她收到没有，回答说没有。又过了一个星期，他再问她收到没有，回答还是没有。他不再问她，她也没再打来电话。原本就是萍水相逢，当初没有能力承受，如今又能怎样呢？

渐渐地，日子复归平静。他会偶尔想起一些往事，想起那本字典。想起了，轻轻地叹息一声。叹世事多艰，人生无常。叹红颜薄命，总为情伤。

就在那一年的秋天，一个不幸的消息不胫而走：在一个星期天的晚上，失眠已久的她把自己反锁在家里，吞下大量的安眠药，永远地睡着了。

而他依然不明白，她为什么要他寄一本字典，她是否收到过他寄的那本字典？

（2014 年 6 月 13 日）

大大咧咧的爱情

　　她看上去是个大大咧咧的女子，大大咧咧地说话，大大咧咧地做事，连谈恋爱，似乎也大大咧咧的。

　　她到新单位应聘的时候，面试官看到她之前的工作经历，曾在一家影响不错的电视台干过不短的时间。问她："电视台不是很好吗？为什么要出来呢？"

　　她不假思索，答曰："电视台是不错，但我们有好几个女生同时进去的，转正的名额却很少，台里有些领导喜欢占女生的便宜，我不愿迎合，想想肯定是没有机会转正的，只好出来另谋发展了。"

　　她在新单位干得很卖力，也很出色，做事风风火火，虽说话口无遮拦，但她为人亲和，极有人缘，有人缘便有人追。追她者，她不当面拒绝，谁说喜欢她，她都是嘻嘻哈哈应付一番。有一天，她突然把一个年轻帅气的男子领到大家面前，当众宣布这是她男朋友，令一干人等对她望而却步。

　　一起出差到他男朋友所在城市的时候，有同事开玩笑道："你今晚可以享福了！"

　　她则诡秘一笑："你是不是很羡慕啊？"

　　大家想，这女孩子不算很漂亮，却找了个"帅呆了"的男生，也算有福之人了。只要男生不挑她，想来这桩姻缘应该是铁板钉钉的。可世事难料，大家这样想着的时候，她的恋情却在悄然发生变化。只是她在人前始终大大咧咧，没事人一样，别人也就没有觉察而已。

过了大半年左右的样子，有一天，她突然告假结婚。大家都为她与小帅哥的美满爱情终成正果而祝福她。她却轻声一笑，说："不是那个了！"

不是那个了？大家都抻长了脖子，竖直了耳朵。

"他是我的同学，一直对我很好的。我和原来的男朋友性格不太合拍，尤其是他作为一个男人，没有主见，没有担当，对人生没有规划，甚至连我们什么时候结婚都拿不出个主意来。这样的人，和他硬凑在一起也没意思，就分手了，然后就和我同学好上了！"

她依旧大大咧咧的语气，丝毫看不出她对前男友有什么不舍，也看不出她对新男友有什么特别。

同事们都没见过她的新男友。但知道他们婚后购置了新房，但未装修。她们工作各在一地，于是当起了"周末夫妻"。要么他来，要么她去。风雨无阻，乐此不疲。

偶尔，会有人问："是前面那个他帅一点，还是后面这个他帅一点？"

她只是嘿嘿一笑，不作回答。

也有人问："你是喜欢前面那个他还是现在这个他？"

她的回答倒很干脆："和前面的那个他好的时候当然是喜欢他的，和后面这个他结了婚，当然是喜欢自己的丈夫啊！"

然后做沉思状，最后冒出一句："爱情是一种牵挂，而婚姻是互相的依靠。"

没想到，这个"90后"大大咧咧的女子，选择如此果决，说出来的话更令人深思。

（2014年6月15日）

闪　婚

　　我不知道这种情形算不算是闪婚，只是一时找不到词，就叫"闪婚"了。

　　说的是一位出生湖南的知性女子，她的初恋开始于高中时代。他们两情相悦，相互鞭策，双双考上了北京的大学，毕业后留在北京打工。两三年后，男方考上了浙江的公务员，她便放弃北京的工作，追随而来。男方被派往湖北挂职锻炼三年，她又辞掉浙江的工作，尾随而去。他们在异地他乡构筑爱巢，在男方的挂职地买了房子，产权证署上了他们两个人的名字。

　　夫唱妇随，形影不离，似乎是个现代版的爱情童话。

　　但他们童话般的爱情终究抵不住世俗的侵扰，亮起了红灯。虽经百般挽救，但分手还是成了必然的结局。

　　她拖着失恋的伤痛回到浙江，重新找了一份工作。但她旧情难忘，那段虐心的经历让她无法很好地投入新的生活。很显然，她是真爱他的。她不明白，自己全身心的付出为什么留不住这份感情？同事们热心为她介绍，亲友们积极为她张罗。但她始终觉得，除了他，再没有能够让她心仪的男人。一次次的相亲，都是失望而归。为了给她创造认识男人的机会，也为了让她出去散散心，朋友们还鼓动她参加了"驴友团"，期冀她能在这当中遇上自己的真命天子，但始终没有让她"来电"的。

　　她索性做起了"宅女"，既不参加驴友团，也不接受亲友们安排的相亲活动。

可过了不到半年的时间，她却告诉同事，她结婚了。这让大家深感意外！

她说，正当她心灰意冷的时候，缘分悄然而至。同城的一家公司举行青年联谊活动，她正好在这家公司一位要好的姐妹处玩，跟着去看热闹。没想到有个外单位的男生也被邀请前往。萍水相逢，她和他礼节性地聊了几句，并没留下特别的印象。分别的时候他要了她的电话号码。过了几天，他给她来电，她竟半晌记不起他是谁。他约她吃饭、看电影，刚开始她并不想去，但她那位小姐妹劝她，闲着也是闲着，不如出去走走，就当认识一个新朋友也好嘛。谁知道，几次见面后，双方竟然都找到了感觉。反正年龄也是老大不小了，就在父母的催促下订下了这门婚事。

既然结了婚，再怎么也得请同事们聚聚吧。可她不提，同事们也不大好问啊！私下便有人议论，她既然不请大家聚会，会不会是这男的太差，让她觉得拿不出手呢？

没想到又是出人意料。

在她孩子满月的时候，她主动邀请同事们小范围地聚了一次。男主人因为在单位是个管事的头头，工作繁忙，姗姗来迟，又提前离席。其言谈举止彬彬有礼，所谈话题也多有见地，不像是个低能的男人。长相虽无潘安之美，但绝对称得上帅气。不光个子高，而且还长得有点像央视某个颇有名气的男主持，看上去挺有气质的。和他相配，她一点都不吃亏。

大家一个劲地夸她有福、有眼光，她则一个劲地笑。笑容里，一个女人的满足、幸福展露无遗。

相爱的时候，总以为离了谁就不是谁，明知无望，寻死觅活要想挽回。经历了才明白，这世界，其实没有谁离不开谁。

（2014 年 8 月 1 日）

神仙也"失恋"

　　我在十多年的时间里，曾两次踏足新疆天山天池（亦称"瑶池"）。在饱览湖光山色、感受天池宁静之美的同时，最令人回味的是关于西王母的爱情传说。

　　据说很久很久以前，天山上有个仙女，人称西王母，民间传为王母娘娘，美艳动人，名扬四方。远在西边的穆天子听说后，千里迢迢奔她而来，正赶上众仙云集的蟠桃会。两人一见倾心，共坠爱河。为取悦穆天子，西王母精心打扮、勤于梳洗。她使了个仙法，在天山腰上划了三个天池，一个洗脸、一个洗澡、一个洗脚。这洗澡的最大，便是大天池，洗脸的是东小天池，洗脚的是西小天池。三个天池里全是天山上流下的雪水，水如玉汁，清澈透亮，把王母娘娘浇揉得越发可爱动人，让穆天子爱不自持，乐不思蜀。

　　也不知道他们沉浸在温柔乡中度过了多少个春夏秋冬，渐渐地，穆天子开始思念自己的故乡了，就对西王母说，他已离开自己的国家太久，不知道情况怎么样了，想回去看看，把朝政打理一下，然后再来和她相会，或者把她带去一起生活。西王母很理解穆天子的想法，答应让他回去。并千叮咛万嘱咐，希望他早日归来。可穆天子一去杳无音信，西母王望穿秋水盼不来，就在对恋人的温馨回忆中终了一生。

　　传说中的西王母，自是法力无边，无所不能。替她看守石门的小白龙不老实，想要偷看她梳洗。这还得了！就在他将到天池边时，西王母把他点化，变成了大天池与东小天池之间的白龙峡瀑布。这天池里原来有一个水怪，因为西王母开蟠桃会的时候没有邀请他，越想越生气，于是兴风作浪，扰得天池之水沸沸扬扬。西王母大怒，拔下头上的宝簪向天池投入，这宝簪顿时化为一棵大榆树，锁镇了水怪。这棵大榆树，也成了天池八景之一的"镇海神针"。

这就给人们的解读留下了巨大的想象空间。

十几年前那次去的时候，我们的导游是个天真活泼的哈萨克族少女，一路上有说有笑，还给大家表演了一些比较"放得开"的节目。但说到西王母和穆天子的故事，她却颇有感慨。她说，看来在爱情的问题上，人、仙都一样，爱了，什么都可以忘记，什么都可以舍去。不爱了，随便找个什么理由就散了。连西王母那样的神人，也无可奈何。

而这一次去，我们的导游是位姓欧的汉族女子，自称"欧古立"（"古立"，谐音，维吾尔语"美女"之意）。她对这个传说的结局，又有另一番理解。她说，王母娘娘可以随心所欲将天池一分为三，可以轻轻点化，就把想来偷看她洗澡的小白龙锁住，可以一挥头簪制住水怪，留下令人称奇的"定海神针"。她也完全可以施展法术，把她心爱的恋人从天地间的任何一个角落拽回身边，或者给薄情之人以狠狠的惩罚。但她看得很开，也很理解恋人的苦衷，宁愿自己承受相思之苦，也要遵从他的意愿，由他而去，没有用极端手段强留或惩罚恋人。这要放到今人身上，可是一种高境界啊！

欧古立一番发挥，让大家拍手叫绝，称赞她是一位聪慧、善良、有见识的"古立"。

她则借着兴致，阐发了她的爱情观："爱情是什么？爱情是那种来了轰轰烈烈、走了无怨无悔的感觉！"

（2014 年 8 月 21 日）

叫一声女友，满心都是感激

与一位著名词作者交流，他不止一次地称赞他的女朋友。他说："我能有今天，要感谢我的女朋友！"

他中学毕业后，从安徽农村到江苏打工。经人介绍，和在杭州工作的一位女老乡认识，成为恋人关系。他便"追随"她来到杭州，开始了新的人生旅程。当时，他初中学历，她中专学历。他月工资800元，她月工资2000多元。条件如此悬殊，她却丝毫没有嫌弃他，义无反顾地爱着他，这让他感动万分。感动之余，他努力改变自己，学技能、跑销售、做业务，水平不断提高，收入节节攀升。

打工几年后，不甘平庸的他尝试自己创业，开办过培训公司、与人合作做酒生意等。由于缺乏经验，没有找准市场定位，所有的积蓄亏得血本无归。他有大半年的时间无事可做，也无一分钱的收入，整天"窝"在家里，全靠女朋友上班的收入来维持生活。但女朋友无怨无悔，对他关怀备至。女朋友的宽容和鼓励，使他很快振作起来，重新投入到火热的创业中去。

他在经过充分调研和论证后，决定发挥自己在音乐造诣上的优势，创立了自己的文化公司，专门为企业创作歌曲，提升企业文化内涵、促进企业发展。公司缺人手，忙不过来，女朋友主动辞去在国企的工作，全力支持他的事业，还承担了大量的家务劳动，使他得以全身心地创作和工作。短短几年时间，他创作了上百首脍炙人口的企业歌曲，其中不少由他作词的歌曲获得了省级大奖，甚至是全国大奖。他成为了全省乃至全国有名的词作者。他的公司也在激烈的竞争中脱颖而出，成为业界公认的"中国企业歌曲第一创作基地"。

我们交谈的时候已是傍晚，公司已经下班。他的女朋友不时地走进办公室，亲自给客人添茶加水，其热情大方、彬彬有礼的风范令人起敬。

我问他们结婚没有，他说结了。

那为什么还叫女朋友？他说叫女朋友更亲切，更能体现他们之间那种相亲相爱的感情热度。

世人皆说："一位成功男人的背后，必定有一位默默奉献的女人。"

这位词作者的故事，便是很好的例证……

（2015 年 2 月 8 日）

我的闺密在佛山

我刚发出一条去广东佛山的微信，有人留言："我的闺密在佛山。"

留言者是温州一位年轻漂亮的女士，她说她的闺密和她从小要好，难分难舍，小学、中学都在一起，连上大学也考了同一所学校的同一个专业。她们还相约，将来要在同一个地方生活和工作，以便相互照应。可到毕业的时候，闺密却为了爱情，放弃了与她的约定，而且是放弃了已经找好的工作，只身去了佛山。

她把闺密的照片发给我看，如丝的秀发、妩媚的脸蛋、柔和的眼波，那真是个实实在在的大美女啊！是什么样的男人让她如此坚定地奔向远方？她和那个男人之间有着怎样一种缠绵悱恻的爱情故事？她没告诉我，我也没问，那是她闺密的秘密，也许也是她们之间的默契，不足为外人道也。

我的内心掠过一阵感动。

我想起早年的一位朋友，也是为了一场轰轰烈烈的爱情，放弃既有的婚姻，放弃在内地一所高校的教职，不管不顾地去了佛山，在那里成家立业，过着安静恬淡的日子。多年以后，他的正值盛年的妹妹，曾让我们班上很多男生朝思暮想、神魂颠倒的一位女同学，刚从一段累人的婚姻中走出来，正待振作向前的时候，却被确诊患上了不治之症。在她生命的最后时光，她选择去了佛山，一边治疗，一边静养。我不知道，那是因为有爱的召唤？还是纯粹想远离熟人，生也安静，去也淡然？我曾给我的那位朋友发过短信，问起他妹妹的病情。我的问候小心翼翼，生怕触痛了她的心事。但没得到回应。不知道是他给我的电话号码有误，还是对方有意不回。我没追问，甚至也没向任何人打听。她既然选择那么一个充满"佛"性的地方，或许她的心早已寂然，不希望被人打扰，不希望有人关注。那么，尊重她的意愿，也许是最好的关心。

我去佛山，无缘爱情，无关风月。我是随所在公司的领导去和当地政府签订一份战略合作协议，拟将公司的相关产业带进佛山，在珠三角日新月异的发展中获得更多的机会。我们是从上海包机去的，正值严冬季节，走时冷风冷雨。我穿了保暖内衣和羽绒服，外搭一条围巾，仍觉寒气透心。可一到佛山，一股暖意袭来。22摄氏度的气温，让人感觉不是春天胜似春天。放眼望去，街上行人多穿着春秋季的衣服。在签约仪式上，大多数与会人员也都是一件衬衫套上一件西装而已。以至于在一群站在台上见证签约的"贵宾"中，我竟显得格外"另类"。

佛山市的领导在致辞中说，他与我们公司老总是一见如故，几次互访交流后，就达成了合作意向，促成了这次协议的签订。我们老总也说，佛山是个令人神往的地方，早些年看电视剧《黄飞鸿》，佛山就给他留下了深刻的印象。几次来往，感觉这里气候宜人、环境优美，是一个"让人来了就不想走的地方"。尤其是这里工业发达，资源丰富，产业整合平台优势明显，很适合我们这样的制造业发展，我们愿在这里落地生根，成为地地道道的"新佛山人"。看来，这企业投资也有点像闺女找婆家，有缘千里来相会，无缘对面不相识。

在佛山期间，偶遇来自我家乡的一位年轻领导，他原在老家工作，两年前调到佛山。

"怎么跑到佛山来了？"我问。

"机缘巧合吧。"他说。

好有意味的回答！

我不知道他是因为什么机缘到了这里，但不管是什么机缘，来了，便是值得，便该无怨。

我于是想，如佛山这般美丽的地方，如果再有一份令人向往的爱情，关系再铁的"闺密"都会投奔而去的。

（2015 年 1 月 29 日）

穿红裙子的姑娘

"有个穿红裙子的女子让我感触很深!"小梅说。

小梅是我曾经的同事,她所说的"穿红裙子的女子"是她就读在职研究生班时的一位师妹。因为同在一个地方上课,大家低头不见抬头见的,也就认识了。

她留一头齐耳短发,脸蛋清丽可人,还有一双"会说话的眼睛",乍看上去就像某位走红的女主播。这样超凡脱俗的气质,不要说是男人,就是女人见了也要钦慕三分。

她开一辆迷你型宝马,进进出出很乐意捎上同学一程。她尤其喜欢邀约同学一起聚会,而且每次她都争着买单。有一次,她在校园里碰到小梅,相约出去吃饭。饭店停车场车满为患,她见缝插针,把车随便一停。小梅好意提醒可能被贴罚单,她满不在乎地说了句:"让他们来贴好了!"吃饭出来的时候,车子果然被贴了罚单,她把单子往包里一塞,开车就走,脸上仍是一副淡定从容的样子,好像没事儿一般。最后怎么处理的,小梅并不清楚。但能想象得到,无非是两种可能,一种是找人"搞定",消除违章记录,免于处罚;一种是主动去交了罚款,如停车时一般爽快。

也就是在那次吃饭交谈中,小梅得知,她在浙江某市做行政服务工作,她来读的研究生专业和她的本职工作毫无关系。她也并非要来学什么知识,只是来混个学历,同时结交一些朋友。她坦言,她的工作也不是她的终极目标,她的目标是要自己创业。小梅由此想到，她的慷慨大方，她的广交朋友，不正是她积累人脉的一种方式吗？只是，像她这么一个年轻漂亮的女子，能这么一掷千金，还有点玩世不恭的样子，不是富二代、×二代，还能是什么呢？不免让人猜测。

而谜底的揭开，应该是在半年之后。她在微博中晒出了自己结婚的照片，从那些照片上看到，她的婚礼宾朋云集，一路上停满了各种名贵的轿车，场面着实豪华。之后不久，她来学校面授时，男人来过一次，匆匆见了她一面，又匆匆离开。姐妹们看了，心中大吃一惊。这男人既不高也不帅，怎么看都和她不般配。小梅想起来，她似乎说过，她和这个男人相识多年，中间感情反反复复。为了摆脱他，她曾独自到国外待了几年，可回来还是和他走到了一起，并最终走向婚姻的殿堂。这时，大家心里也就明白了：她不是富二代、×二代，但他是富二代，而且已经接掌父亲的产业。

由于是在职进修，集中上课的时间不多，不同专业、不同班级的人也不容易凑在一起。当然，也许还有别的什么原因，比如放弃学业等。总之，之后的时间里，小梅没在校园里碰到过她。

再次"遇见"她，还是在她的微博上。因为萍水相逢，他们平时并无联系，也没在意她的动向。直到有一天，小梅闲来无事，突然想起好久没见她了，就去看看她的微博。这一看，让自己惊讶不已。她在微博上展示了许多明星照片，而这些照片都出自以她当老板的一个团队之手。她在一个叫作帕劳的美丽海岛上创办了自己的摄影公司，专门为国内外明星、知名运动员拍摄、制作各种造型的照片，为他们塑造最佳形象。比如有一位运动员的照片，是在水里拍的，水珠飞溅中，人物充满张力，让人看了别是一番感觉。而其团队的核心成员，正是她在学校经常聚会的几位饭友。

她的微博，除了记录日常工作外，还有很多非常优美而又带着感伤的文字。比如有一篇，写她因为在微博上展示自己的靓照，时常有陌生人发些出格的评论，而遭致家人的误会甚至指责，内心非常苦闷。有一篇写自己为了事业"逃离"家庭的无奈："在一起的时候，受不了他的束缚，以为摆脱了他就自由了。离开了才发现，自由也有自由的痛苦，束缚一旦习惯了，或许也没有什么不好吧！"有一篇则这样写道："原以为这一走，便把什么都抛得一干二净了，但偶尔，当有人提起那个名字的时候，还是会心里一热，那些熟悉的日子又会清晰地浮现在眼前……"

她肯定是离婚了。小梅由此推断，她现在一方面享受着自我创业的成就感，一方面又忍受着独自生活的孤独感，所以有时不免感到怅然、感到迷惘。

小梅的感触在于，女人真是一种感性的动物，即使在自由的路上走得再远，事业做得再辉煌，到头来，最难释怀的还是曾经被自己视为羁绊的那个人、那段情。

如同那位穿红裙子的姑娘。

（2015 年 3 月 1 日）

莎莎的恋情

活在世俗里，不管你信不信，不管你是否接受，总有一些事会让你触动。莎莎的恋情，就是这样。

莎莎是个漂亮的南方女子。她先是在杭州打工，与一位来自老家的男人相识、相恋。也不知道是什么原因，恋着恋着，就累了，就厌了。累了厌了，也就结束了。

她回到老家，因感情空缺，一时又没什么事可做，过了一段百无聊赖的日子。随着交往圈子的扩大，那些带着各种目的的追求者纷至沓来，她却不屑一顾。她刚从一段累人的感情漩涡中走出来，不想这么快又陷入另一段感情的泥潭中去。

但很多时候，爱情的到来是由不得自己的。

那是在一次朋友的饭局上，她注意到了一个中年男人关切的目光。令她吃惊的是，这个男人长着一张和她前男友相似的脸蛋。不但脸蛋相似，而且还是同一个乡镇的人，甚至还同姓。

难道是天意？她想。

她竟然对眼前这个中年男人产生了几分莫名的好感。

饭局结束的时候，天色已晚。他提出送她回家，她想都没想就答应了。她家住在城郊，有一段小路比较偏僻，而且没有路灯，一个女孩子独自走在这样的路上还是有些害怕的。他下意识地牵住了她的手，触电般的感觉过后，有种久违了的温暖。

这个夜晚之后，她的心里装满了这个男人。

　　她开始频繁地接受他的约会。每天晚上送她回家时，都会牵手走过那段不长的小路，然后是长长的吻别。他那时是县城某局的一个科长，刚离婚，遇见她自然是百般欣喜，发誓要一辈子对她好。

　　他们相处一年多的时候，他生病住院，她才知道他已患上无法治愈的病症。他之所以没告诉她，是怕她会嫌弃他。而这时，她对他的爱已经深入骨髓。即使他明天就离开这个世界，她也要与他风雨同舟，不离不弃。

　　他办了出院手续，静心养病。爱情的滋润，使他忘却了死神将临。由于女方父母的强烈反对，他们过起了"地下夫妻"的生活。不久，她怀上了他的骨肉，但由于医生的误判，以为没有怀孕，没有引起重视，在一次外出活动中不幸流产。说来也怪，此后几年的时间里，他们没有采取任何措施，她却再也没有怀上。

　　"我是真想有一个我们自己的孩子，有了孩子结局可能就不一样了！"她说。

　　看她和一个患了不治之症的人在一起，父母觅死觅活，坚决反对。逼她赶紧找个健康的男人结婚。男友也不想再拖累她，几乎是哀求她离开自己，另嫁他人。压力之下，她由亲戚介绍，认识了一个看上去本分老实的男人。他们接触一个星期就领了证，领证三个月就正式办了婚礼，用时下流行的话来说，这叫"闪婚"。

　　刚开始，丈夫对她还算过得去。夫妻之间虽无多少激情，但也没有什么磕磕碰碰的事。有了孩子后，也算有了婚姻的"纽带"，按理应该更好才是。但相反，她受到了丈夫莫名其妙的冷落。有时，因为带孩子、做家务等事情，会与婆婆发生些争执。丈夫只听婆婆一面之词，对她横加指责，她只要解释，丈夫就会大打出手，把她的身上弄得青一块、紫一块的。她坦言，已对这个家彻底失望，如果不是为了孩子，她一分钟也不愿多待。

　　于是，她便格外怀念起那个他来。"只有他是真正爱我、懂我、关心我的，和他在一起的时候，他什么事都迁就我、让着我，有时我心情不好，对他发脾气，他也从不生气，只轻轻地说一句：'你不要凶我嘛！'我心一软，就不发脾气了，他对我就更加温柔。说句真心话，和相爱的人亲吻，味道都是甜的！"

我问："你与那个他还有联系吗?"

她说偶尔联系，但没见面。

我试着给她分析："前面那个他认识你之前已经患上了绝症，而且离了婚，他很清楚，再想得到一个好的女人不容易，甚至可以说不可能，生怕失去你，所以对你百般宠爱，什么都依着你。反过来想一想，如果他是一个健康男人，他会不会也如此这般地对你好呢？而你结婚之后，因为旧情难忘，自觉不自觉地忽视了丈夫和家人的存在，忽视了自己应尽的责任，积怨越多，矛盾越大，所以你感受不到爱。"

"不是的，不是的！"她极力否认。她始终认为，前面那个他是真正爱她的，不管他病不病，他们在一起都会很幸福。后面这个，或许是因为他们家本来就不喜欢她，又为一些鸡毛蒜皮的事情，这才导致了现在的状况。

…………

常言说："清官难断家务事。"

我不是官，就更断不清莎莎爱情、婚姻中的是非曲直了。

（2015 年 5 月 4 日）

爱，在物质的进攻下猝不及防

他是一个小公司的高管，她是这个公司一名年轻漂亮的职员。

他还曾是个有名的傻大个，个子高大，长相憨厚，成绩不好，家境不好，没人喜欢没人爱，甚至也没人愿意和他交朋友。高中毕业没考上大学，早早地踏入了社会。能混到今天这般人样来，出乎所有人的意料！

也正是这个原因，家里怕他找不到老婆，断了"香火"，托人在乡下给他说了一门亲事。所以，当他遇到身边这个她的时候，他已结婚生子，不再是"自由身"。

俗话说："男追女，隔重山；女追男，隔层纱。"

在他们这样的小公司，像他这么出类拔萃的男人本来就不多，因而他就成了她心仪、并主动示好的对象。他和她之间的那层纱很快被戳破。他们开始频繁幽会，进而形影不离，过起了"地下夫妻"的生活。他在她的身上，得到了从老婆那里从没有过的体验。用他的话来说，她让他感受到了什么是爱情，什么是难分难舍，什么是刻骨铭心。

"我想，我是真正爱上她了！"他这样说。

纸，终究是包不住火的。他们的事情很快被父母、妻子知道了。没有多少文化的妻子并不大吵大闹，只是脸上多了一层哀怨。倒是母亲，硬生生把他拽回家里，对他进行了严厉的批评，让他必须和那个"狐狸精"断掉。

经不住母亲的威逼，他妥协了。但和她断了不到几天，又鬼使神差地走到了一起，又开始了你侬我侬的甜蜜生活。有一次，她带他参加了一个饭局，一起吃饭的是她的父母兄长。而之前，她连半句口风也没透露，很显然是有意而为之。饭桌上，她向家人介绍，他是她们公司的某某总，是她的男朋友。父母没有当场表示什么。但过后，她的兄长知道他已有妻室，还是鼓励妹妹和他往来。

当他的母亲知道他们还在一起的时候，不再是关起门来规劝，而是把所有的亲戚都动员起来，给他下最后的通牒。

他想，人的一生，真爱一次不容易，事已至此，干脆就下决心离婚，和那个她结婚。

可当他把自己的想法告诉她后，她并没有他想象得那么惊喜。而是很冷静地说，结婚可以，必须拿出 50 万元的彩礼给她娘家。

这让他猝不及防！

他虽是公司高管，但毕竟是个小公司，收入高不到哪儿去。加之他的家庭条件不好，平时并无多少积蓄，一下子要拿出这么多钱不是件简单的事情。

最重要的是，他认为真正的爱情是不应该与金钱挂钩的，她这样狮子大开口，让他大感意外。他心目中的爱情为此大打折扣。他甚至怀疑，她平时对他的那些信誓旦旦的爱都是假的，她只不过是一直在等待一个向他要钱的机会而已。

他明确告诉她，没钱。

"没钱就休想结婚！"她的语气里似乎没有回旋的余地。

他正好顺水推舟，提出分手。到了这时，他已经很明白，只有分手才是最好的结局。

可要分手也不容易，她要他拿出 5 万元的分手费，否则就和他耗到底。经过一番讨价还价，软磨硬磨后，以 3 万元"成交"。

一段惊心动魄的"爱情"，终于在钱的进攻下败下阵来……

（2015 年 6 月 15 日）

一路上都是故事

一位女士从海外归来，说起她的经历，满满的都是有趣的故事。

女士正值女大当嫁的年龄，经历了一段无疾而终的恋情后，一直落单。父母催促，自己却无事人似的。

她受派到欧洲一个岛国的大学里教授对外汉语，面对的学生既有刚刚成年的青涩男女，也有做了父母的大人。她人长得好，课也教得好，自然受到学生们的爱戴，师生感情十分融洽。有一天，一位大男生竟然大大咧咧地对她说："老师，你可不可以做我的女朋友啊？"这让她脸红到耳根。看到她难为情的样子，这男生赶紧说："我是开玩笑的，你别生气啊！"

老师当然没生气，她只是还不适应这样的玩笑而已。她在心里想，这老外也太大胆了，连学生都这么"放肆"。

如果说这位学生的玩笑只是让她感到意外的话，她在路上偶遇的一位男子却是真的让她动了心。

那天课后，她和一位女同事外出散步。出校园不久，迎面走来一位年轻英俊、温文尔雅的高个子男人。

"好帅！"她和女同事几乎叫出声来。

帅哥离她们越来越近，她的心怦怦直跳。她在脑海里闪过一个念头：是拿出手机拍下他呢？还是走上去请他一起合个影？

就在她迟疑的片刻，帅哥风一般走过她们身旁，然后越走越远，直到他的身影消失。

她说，那是她第一次看到这么帅的一个男人，她的女同事也真心觉得帅，也许这就叫一见钟情吧。只可惜，短短的一瞬间，就这么擦肩而过，杳无踪迹。

在海外任教的两年间，她一有空就出去玩，足迹遍及欧洲许多地方。因而，总是故事不断。

有一次在巴黎，不知要到何方，她向人问路。一位年轻时尚的男子耐心给她指点了方向，还热情地陪着她走了好长一段路。他们一路聊着，还算投机。临别的时候，那青年向她索要联系方式。但出于一个年轻女子本能的防范心理，她没给他。

事后她想，如果当时给了他联系方式，会有怎样的情节呢？

最令她心悸的一次是，在意大利的某个小镇。为了省钱，她事先通过网络预订了一个比较便宜的床位。到了之后，她才发现是个大房间，里面横七竖八地放着几张高低床。她能想到的是，这是一个女生合住的房间。可她刚选了一个靠里的下铺，正准备休息时，却进来一个貌似韩国人的男客。见她一脸狐疑，韩国男用英语说："这是一个男女混住的房间，在这里非常普遍，我不介意。如果你觉得不方便的话，我可以帮你问问有没有女生房间或者单间。"

询问的结果，既无女生合住房间，也无单间。

正在她和韩国男讲话的时候，又进来一个男客。这男客不言不语，径直挑了个床位，躺下了。

时间已晚，周围环境又不熟悉，只有豁出去了。她这样想着，和衣躺下，用被子蒙住头，却一再告诫自己保持警惕，不要睡着。可终因旅途劳累，也不知什么时候就迷迷糊糊睡着了，连梦都没做一个。

一早醒来，发现房间里住满了人，男女皆有。而她的上铺，一个五大三粗、高鼻梁黄头发的大男人正在熟睡。也许是因为热，半个肚子还露在被子外面。这让她惊出一身冷汗！

她顾不上洗漱，背上行装，"逃"出房间，头也不回地走了。

…………

　　回到中国，那些过往的故事也被抛在了脑后。

　　突然有一天，她的微信屏幕上出现了那个曾经跟她开玩笑的学生俏皮的表情，他在微信里喜滋滋地告诉她："我当外公了!"

（2015 年 9 月 28 日）

"穿越"

她是一位创业有成的女老板，他是一位企业经理人。

他们在某个场合相遇，她对他说："我在很多年前就认识你了！"

"噢？"他诧异道。

"是真的啊！"她说，她大学毕业不久，和一位同学到外地旅游。在湖南长沙，同学叫上了几位在长沙师范大学上学的朋友，其中有一位就是他，一样的名字，一样的气质。他那时有些清瘦，穿一件蓝色西装，系一条红色的领带，很擅长表演，尤其喜欢朗诵诗，讲话时爱打手势，看上去很滑稽，也很有风度。因为正值周末，几个人一起游历了长沙的一些地方，吃了几顿饭，他的热情奔放、幽默风趣，都给她留下了深刻的印象。有那么一阵子，他成了她的心事。但那个时候，男女接触还是有些腼腆，加之手机还没普及，互相都没留下任何联系方式。一别各奔东西，没想到多年以后会在这里相遇。

他告诉她，他不是长沙人，甚至不是湖南人。他在外出打工前，没有离开过老家半步，更不用说省外了。与长沙的唯一交集，是他有一年从北京乘飞机回老家过年，经停长沙时，由于天降大雪，飞机不能起飞，他和一大群旅客在长沙机场附近的宾馆度过了难耐的一夜。和他同屋的男士，因为陌生而互相防范，一个晚上都没说一句话。因此，她所说的他，肯定另有其人。

当确知他不是自己曾经遇到的那个他时，她流露出些许遗憾。

"我是真的遇到过一位和你同名同姓的人,后来我曾根据回忆把那次邂逅写在 QQ 日志里,可因工作繁忙,长时间没去打理 QQ 空间,那篇文章不知怎么的找不到了。现在见到你,真的有种一见如故的感觉!"她感慨。

"哈哈,那就当我们见过吧!"他说,时下不是流行"穿越"剧吗?或许我们这也是一种"穿越"呢!在你生命中的某一时刻,我曾"穿越"到你的面前。而现在,你"穿越"到了我的面前。所以,你感觉我是你的某个旧相识,而我看到你也蛮亲切的。

她笑笑,是呀,现实版的"穿越"剧。

读过《红楼梦》的人都记得有段"木石前盟"的楔子,交代了"补天石"(贾宝玉前身)和"绛珠仙草"(林黛玉前身)的关系。这块无材补天的顽石在投胎人世之前,曾变为神瑛侍者以甘露灌溉了一棵绛珠仙草,使其得以久延岁月,后来遂脱去草木之态,幻化人形,修成女体。在这顽石下世之时,她为酬报灌溉之德,也要同去走一遭,把一生所有的眼泪还他。正因为有这段姻缘,在林黛玉初见宝玉时,有种"好生奇怪,倒像在哪里见过一般"的感觉。贾宝玉也觉得"这个妹妹我曾见过的""看着面善,心里就算是旧相识,今日只作远别重逢"。前世已相知,今生再相遇,牵起故事一串串。而小说的结局,"宝黛爱情"并无善终,可见,"天定"姻缘也靠不住。

生活不是"红楼梦",冥冥之中的诸多奇巧,多只是萍水相逢,擦肩而过。两个陌生的男女相遇,叹一声:"我曾见过你!"那般感觉,也很美好!

(2016 年 4 月 19 日)

有 爱 就 好

一位老同事抱怨女儿不听话，嫁了个一无所有的男人，真是气死人。

老同事早年离异，女儿从小在单亲家庭长大，性格有些孤僻。步入职场后，遇到烦心事会有些轻微抑郁。但长得漂亮，也很有气质，放到大户人家也不逊色。她的孤僻，她的不易觉察的抑郁，更给人一种冷艳清雅的感觉。所到之处，从来不缺倾慕者。已婚的未婚的，有钱的没钱的，如蜜蜂沾花，络绎不绝。但没有一个人让她心动，她想先求发展再论婚嫁。而且老同事一再告诫女儿，你跟着妈妈吃尽了没钱的苦，现在你有这么好的机会，一定要找个家庭条件好的，可不能重蹈妈妈的覆辙了。女儿也很听话，开始的几年里，每天都会和她打电话聊上一阵。公司放了假，她也会第一时间回家，陪在妈妈身边。那时女儿是她心中的乖乖女，一切都在她的掌控之中。

坏就坏在这场新冠肺炎疫情。

她们家住河北某县，女儿在杭州工作。疫情一来，哪儿也走不了，节假日也不能像过去那样回到家陪她，她也不能一想女儿了就往杭州跑。平时下了班，女儿就窝在公司出租房里，抑郁症却在这时候发作了，整天闷闷不乐。公司一位对她关注多时的男生"乘虚而入"，对她的关心无微不至，关心多了，女儿的铁石心肠也被感化了。当娘知道的时候，已是木已成舟，任她千呼万唤也不回头。

男生来自温州，虽是经济发达地区，但他家住偏远农村，偏到什么程度呢？偏到连门牌号都没有。父母都以种地为生，没有文化，更谈不上有啥背景，在经济上根本就帮不了他们的儿子，在杭州没房没车的，孩子出生后还要大笔费用，怎么过日子？

当疫情稍有缓解、所在地区刚刚解封时，老同事便连发多道"催促令"，让女儿回家。她认为女儿经历世事太少，没有辨别能力，男生又是做销售的，能说会道，肯定是被他的花言巧语蒙骗了。她想再做做努力，让女儿回心转意。她就不信养了女儿二十多年，说服力还不如一个初识几天的毛头小子。谁知女儿前脚一走，男生后脚就紧跟而至，到了她家。又是表白，又是保证的，偏偏女儿还向着他，弄得她这做娘的无所适从。如果生气，怕女儿赌气跑了。不生气，又太便宜了这小子！

女儿在家待了几天，娘儿俩不欢而散。

这次一回杭州，小两口竟然背着她把结婚证领了，随后又把孩子生了。她就是反对也改变不了什么了，只能转而祝福他们。因为疫情影响，也因为条件不允许，他们至今没有个像样的婚房，也没有举行婚礼。真是可怜了孩子！

女儿满意自己的选择吗？谁知道她呢！从小娇生惯养的，粗活重活从没让她干过。但现在有了孩子，她要自己洗衣、做饭、拖地，还要带孩子。男人出差回来，怕他苦着累着，家务活都不让他插手，就让他歇着，然后再一次出差……

听完老同事的抱怨，我找不出什么安慰的话，只说让她消消气，儿孙自有儿孙福，不要气坏身子骨。

其实我想说的是：人家哪里一无所有啊，有爱就好！

（2021 年 4 月 26 日）

第四辑

○ ○ ○　谁的岁月不蹉跎

《蹉跎岁月》不仅描写了一代"知青"的命运悲欢，也给了当下的人们深刻的人生启迪。谁的岁月不蹉跎？奋斗者，无悔青春征途。

奇葩的表白

——央视寻人节目《等着我》观后

　　看中央电视台大型公益节目《等着我》，一个真实的故事拨动了我的心弦。

　　大幕拉开，一个来自大连的漂亮姑娘走到台前，诉说她对一位陌生男子的思念。那是一次从大连飞往上海的航班上，漂亮姑娘偶然回眸，发现后座坐着一位"帅呆了"的青年男子。男子穿着入时，气宇轩昂，时而低头看报，时而凝视窗外。姑娘怦然心动，时不时扭过头去瞄上一眼。邻座的姑姑看出了她的心思，低声对她说："要不要我替你和他打声招呼？"

　　姑姑比她大不了几岁，对她关怀有加。眼见侄女动了春心，便想成人之美。

　　姑娘心中期盼，却又放不下大家闺秀的面子，赶紧制止了姑姑的举动。

　　飞机在浦东国际机场降落，乘客们依次下机。姑姑怂恿说，再不打招呼可能就要错过了。然后拽着侄女，拨开人群追逐男子的身影。见男子大步流星奔向一辆轿车，走了。姑娘四顾茫然，却将一份思念刻在了心中。

　　姑娘猜测，青年男子既是从大连出发的，或许就是大连人。她回到大连后，就在当地电视台打起了"寻人广告"，只求能与这位男子再次相遇。如果他没成家，她愿意嫁给他。但广告打了多次，男子无迹可寻。于是，她抱着试一试的心态找到了央视《等着我》栏目，期望借助栏目组神通广大的力量，牵起她与那位男士的一世之缘。

"哎哟，姑娘，你这算是一见钟情吗？"主持人问。

姑娘回答："是啊！"

"你觉得他会喜欢你吗？"主持人紧问一句。

姑娘回答："我觉得应该会吧，你也看到我自身条件不错嘛！"

"如果人家已经结婚了呢？"

"我不知道他结婚没有，我就是想见到他，把我的想法告诉他。如果他已经结婚，见了他我就可以把心放下了！"姑娘说得很坦诚。

随着主持人一句"为爱坚守，为缘寻找，请开门"，姑娘期待已久的那扇缘分之门慢慢开启，里面走出一位高高帅帅的青年男子。姑娘以热切的目光迎接他的到来，小伙子却在离她两米开外的地方站定。

他告诉她，他已经结婚，夫人孩子都已移居日本，他那次到上海，就是从上海转机去日本和家人团聚，永久留在日本。这次是接到中央电视台的邀请后，专程赶回来见她的。

他送给她一件小礼物，说是他老婆托他带来的。他刚接到电视台邀请的时候，很犹豫要不要来参加这个节目，最大的担心自然是怕老婆不高兴不赞成，没想到还是老婆鼓励他来的。他还向大家展示了他与老婆孩子的全家福照片。

主持人问他那次在飞机上对她有没有印象，知不知道有这么一位漂亮的小妹妹在满世界找他。他说没有印象，所有的故事都是电视台栏目组的人告诉他的。

姑娘心里酸酸的，眼里闪动着泪花。

主持人说："你们俩可以当众拥抱一下！"

两人紧紧相拥。

"当众抱过了，私下就不要再联系，更别抱了哈，人家都有家了，而且人家老婆还送了你礼物呢！"主持人调侃。

姑娘说："不会了，今天见了面，知道了他已经有家的事实，我也就把心收回来了。"

说完这话，姑娘转过脸去，以手拭泪，沉默半晌。

是憾？是怨？不甘？不舍？无声，胜过有声。

…………

爱的表白有多种方式，像这位大连姑娘的表白，的确有些奇葩。我在佩服姑娘大胆追求爱情的勇气，佩服男子坦诚相待的态度的同时，更佩服那位未见面的男子夫人雍容大度的胸怀。

（2015 年 1 月 6 日）

时光的河流里，谁是谁的"摆渡人"

——电影《摆渡人》观后

"一部值得一看的烂片！"

在去观看电影《摆渡人》的路上，小杰告诉我网上对这部影片的评价。

小杰是我的朋友，我们凑在一起去看电影已不是第一次。

我和小杰都不是影迷，也不指望通过看电影陶冶什么情操、增长什么知识。而是心里郁积了太多烦闷，只想通过这种方式暂时转移一下注意力，缓解一下紧张的情绪而已。所以对看什么并无太多讲究，往往是遇上什么看什么。就在前一周，我们还稀里糊涂地看了一场全程日语、连片名都没搞懂的动画片。正是有了这样的"教训"，这次进场前他百度了一下网上的评价。

他问我要不要看。我说，来都来了，票也提前订了，看吧。

近两个小时看下来，感觉网上那句评价真是很精到。故事情节蛮简单的，而且，动辄拳脚相向，动辄无醉不欢的场景设计，显然有点粗俗（恕我直言，里面很多暴力的镜头，对还没有免疫力的少年儿童来说，绝对是有害无益的），说是"烂片"有其道理。但故事的主题绝对是正能量的。主人公陈末在恋人何木子因病离世后，开了一间摆渡人酒吧，专门帮助那些在情感上遭遇困境、难以自拔的人。用陈末的话来说，自己已经没有明天，他要把有明天的人"摆渡"到他们想要到达的彼岸。在他们的摆渡下，一度沉沦的音乐人马力振作起来，重新站到了舞台上；酒吧合伙人管春历尽波澜，摆渡了失忆女孩毛毛，并找回了他们"失散"已久的爱情；一位在婚礼上新郎突然"失踪"、结婚即失恋的年轻女子重拾生活的信心……

与表现形式的粗俗形成反差的是，片中人物的许多对白都是非常优美的。比如，"彼岸烟波流转，可有人寻我。对岸繁华三千，可有人渡我。""世界那么大，让我遇见你。时间那么长，从未再见你。""我们终将上岸，阳光万里，鲜花沿路开放。""你如果想念一个人，就会变成微风，轻轻掠过他的身边。就算他感觉不到，可这就是你全部的努力。人生就是这个样子，每个人都会变成各自想念的风。"

而我最欣赏的是那句"时光的河流里都是故事"，短短的一句话，真是让人愉悦，让人回味无穷。

这当然还不是触动我的全部原因。主人公陈末，还有小玉，他们摆渡别人，最终也要靠当事人内心的自省才能奏效。一个对生活，甚至对生命完全绝望的人，是无论如何都摆渡不了的。同样，成功摆渡了别人的陈末、小玉，自身也有一大堆的问题，他们走不出内心的禁锢，找不到自己的彼岸。如陈末所说，他是个没有明天的人。因此，他们也需要别人的摆渡，而这种摆渡能否成功，最终也要靠他们内心的自省。

进一步想，在一个个寻常的日子里，我们都在自觉或不自觉地摆渡着别人，也被别人摆渡着。如我，不知多少次力所能及地帮助过需要帮助的朋友、亲人，而在自己无奈又无助的时刻，也常收获好心人的帮助，哪怕是一句暖心的安慰，也让我感动不已。如小杰，他曾醉心于一个女子，尽其所能地帮助过那个女子。在那段时间里，她成了他心中的女神。可是有一天，那女的对他说："我当初对你确实有好感，但也只是有点欣赏而已，那些都已经过去了！"淡淡的一句话，让小杰如坠冰窟。好长一段时间，小杰感觉自己就是个没有明天的人。是在周遭好些朋友的鼓励下，他走出了人生的阴霾。

电影散场的时候，小杰问我："感觉如何？"

"一部值得一看的烂片!"我随口而答。

我说,感谢他推荐并陪我一起看完了这部"烂片"……

(2016 年 12 月 26 日)

中国医生，挺直的脊梁

——电影《中国医生》（抗疫版）观后

　　"心情太沉重了，弄得我泪流满面，只好时不时看看手机，分散自己的注意力！"王兴红说。

　　王兴红是杭城一家特色餐厅"贵之恋"的老板，那部让她情不自禁、泪流满面的电影叫《中国医生》。这部电影上映没几天，票房已过十亿，能让王兴红这样整天忙里忙外的店老板搁下生意走进电影院，不能不说有其魅力所在。

　　被感动的何止王兴红，我也同样，那场电影是我们一起看的。她提出看这部电影的时候，我有些犹豫，总感觉我们的日常和医生没有太多关联，隔行如隔山，难有情感上的共鸣。但那个时间段没有别的影片可看，也就只有"将就"了。

　　谁知大幕拉开，我立即被吸引住了。

　　以 2020 年全民抗疫为背景的《中国医生》，其扣人心弦的故事情节，将观众的视线拉回那段难忘的集体记忆里。电影以武汉市金银潭医院为主线，同时穿插武汉同济医院、武汉市肺科医院、武汉协和医院、武汉大学人民医院、火神山医院、方舱医院等医疗单位的故事，以武汉医护人员、全国各省市援鄂医疗队为人物原型，全景式地再现了波澜壮阔、艰苦卓绝的抗疫斗争。

　　有道是"男儿有泪不轻弹，只因未到伤心处"。

　　观影过程中，不单王兴红，从不轻易流泪的我也禁不住泪眼婆娑。而且我注意到，邻座也有不少观众时不时掩面拭泪。影片中，让人"伤心"之处俯拾皆是。医院院长张晋宇隐瞒自己身患渐冻症的事实,坚守岗位,指挥抗疫。当他艰难地奔走在抢救现场,时不时用手捶打自己的病腿时,当他因为站立不稳从石梯上翻滚而下时,观众的心也被紧紧揪住。尤其是作为院长,当他的妻子也不幸感染新冠肺炎,却四处找不到病房的时候,那种无助与无奈的表情让人禁不住潸然泪下。而他隔着手机与爱人视频时的那番情真意切的倾诉,更是直击人心;在病毒侵蚀下父母双亡的女孩接过医生给他的"遗书""遗物"时,女孩那句"没有爸爸妈妈的孩子怎么办"的诘问,让人肝肠寸断;年轻的快递小哥金仔,他怀着身孕的妻子小文不幸感染,终于等到有了床位被送进医院时,反复叮嘱他"不要偷偷接单",但面对隔离在家不能出门、孩子奶粉不足、老人药品缺少的状况,面对人们带着哭腔的求助,他不得不冒险接单,挨家挨户地送快递。却在一次送货途中,遇到无症状感染者摔倒在地,本能地搀扶了一下,不幸感染了。得知这一事实的瞬间,他的内心又一次崩溃,瘫坐在地上号啕大哭,这样的情景,怎不让人动容!

在我看来,这部影片好就好在不回避问题,没有把医生们描写成"高大全"的英雄人物,尽管他们确实是英雄。他们是人不是神,也有喜怒哀乐,有大年三十不能同家人团聚的抱怨,有面对这场未知的病魔表现出来的无奈,也有眼睁睁看着患者死去时的自责。但他们更有迎难而上、勇于负责的态度,有认真求索、严谨施救的精神!正是这种态度和精神,让他们在克服了最初的慌乱后,一步步接近成功。他们的热情与阳光,让死神笼罩的医院有了活力。他们给予的鼓励与关爱,让患者们有了战胜病魔的信心。当一个个鲜活的生命从医院走出,当武汉最后一个方舱医院终于完成使命而关闭的时候,那份激动令人沸腾。也是在那一刻,我对医生这个群体有了新的认识。在这场没有硝烟的战争中,是他们挺直的脊梁,托起了众生的希望。也是他们挺直的脊梁,为中国政府和人民在全世界面前赢得了尊严。

　　有人说，影片中表现的救治方法都是西医的插管子、打抗生素、上呼吸机等，忽略了祖国中医在这场世纪大抗疫中的作用，这的确有些遗憾，却不必求全责备。影片的着力点并不在于表现某个医生、某项医术多么高明，而是面对灾难时医生们义无反顾、勇往直前的那种精神。插管也好，手术也好，都只是其中的某些环节而已，并非所有的环节，无法也无需把整个救治过程完全呈现出来。更何况，这场来势汹汹的疫情并未彻底结束，对医疗方法和技术的探究正未有穷期！

　　看完电影回家，电视上正播放河南郑州爆发特大洪灾，当地军民奋力抗洪抢险的新闻，全国各地也纷纷动员起来，对郑州灾区施以援手。危难之处显身手！奋战在救灾一线的人群中，也不乏白衣天使的身影。对医生，对所有正义的力量，我不由得肃然起敬。如王兴红女士所言："我们是幸运的，有那么多人在前面奋不顾身，替大家遮风挡雨，我们所能做的，就是感恩，就是珍惜，就是在国家需要的时候，力所能及地给予支持！"

（2021 年 7 月 25 日）

谁的岁月不蹉跎

——《蹉跎岁月》读后

　　《蹉跎岁月》是著名作家叶辛的小说成名作，也是他知青题材的重要代表作之一。1981 年出版至今多次再版，发行量有增无减，影响力久盛不衰。

　　作为 60 后的"农 N 代"，我对知青这件事并不陌生。

　　那时我读小学，每年毕业季，镇上都会举行"知识青年上山下乡欢送会"，欢送高中或初中毕业的学长、学姐下到农村插队落户。街头贴满了"知识青年到农村去接受贫下中农再教育""广大农村大有可为""广阔天地炼红心"等标语口号。欢送的人群敲锣打鼓，下队的学长、学姐们胸戴大红花，喜笑颜开地告别亲人，踏上开往远去的汽车，仿佛不是插队落户，而是金榜题名，羡煞我们这些不谙世事的学弟学妹。那时我想，"上山下乡"是件多么光荣的事情，毕业了我也要去。但大人们告诉我，下乡当知青的都是城镇户口的人，农村户口的只能"从哪里来，到哪里去"，别人叫下乡知青，我们叫回乡青年。也就是说，像我这种户籍在农村的人，连下乡当知青的资格都没有，只能回乡务农。好在轮到我们的时候，国家恢复高考制度，随即开启前所未有的改革开放，一代人的命运有了更多选择的可能性。

　　说实话，年轻时读描写知青生活的文章，我并无太多的感觉。有时还会本能地萌生一种"凭什么农民只能一辈子待在农村，而城里人到农村待几天就叫苦连天"的酸葡萄心理。那时读叶辛老师的

《蹉跎岁月》，也主要是沉浸在主人公跌宕起伏、一波三折的爱情故事里，没有更深入地思考。

但当知青时代过去多年后，重读《蹉跎岁月》，我却有了不一样的感受。

人是不能离开时代而生存的，人的命运也与所处的时代有着紧密联系。重要的是，处在时代的大环境下，你有怎样的人生态度，如何处理周遭的各种关系。如在《蹉跎岁月》中，同是下乡知青，同时处在闭塞落后的农村，同样面对左定法这样贪赃枉法的革委会主任，同样面临县专政队那样的强权势力，同样面对命运的种种不公，"小偷"肖永川随波逐流，和当地混混搞在一块，偷摸打砸，知青脸面被他丢尽；"花花公子"苏道诚，通过给左定法等干部送礼疏通关系，劳动出工不出力，平时花言巧语骗取女人欢心；"美女知青"华雯雯自知力薄，虽明白苏道诚人品有问题，但因看上苏道诚作为高干子弟的家庭背景，不惜以身相许，最后以怀孕为由，与苏道诚一起率先得到了返城的机会；小职员的儿子王连发能力平平，又谨小慎微，小心维持着各种关系，并时刻关注外面的机会，最后通过招工进了县里的国有工厂；"历史反革命"的儿子柯碧舟，因为出身不好，受尽各种冷眼和欺凌，但他并不自暴自弃，坚持文学创作，并千方百计帮助所在山村改变贫困面貌，赢得了当地群众的好感，最终也赢得了爱情；练过拳脚的"高级军干子女"杜见春，以得天独厚的优越感审视别人，但她本质上是个上进有正义感的人，喜欢打抱不平，曾只身击退欺负柯碧舟的地痞流氓。在她的父亲被冤打成走资派后，她的境遇一落千丈。受父亲牵连，她读大学的指标被卡下，专政队找茬陷害，等等。于是，她对柯碧舟的遭遇感同身受，更对柯碧舟积极进取的精神赞赏有加，也像柯碧舟那样为自己插队的村寨发展建言献策。在这个过程中，原本就对柯碧舟颇有好感的杜见春深深爱上了柯碧舟，以致她的父亲得到平反、官复原职，她的境遇也明显好转后，她仍不顾家庭反对，义无反顾地和柯碧舟走到了一起。

改革开放带来了市场经济的繁荣，也给各色人等造就了生存、发展的新机会。这时不再是知识青年上山下乡，而是千军万马进城务工。过去城里人下乡，有知识没知识都叫知识青年。后来农村人进城，有知识没知识都叫务工人员。叫什么不重要，重要的是做什么。

有首歌唱道："外面的世界很精彩，外面的世界很无奈。"

在市场经济的大潮中，你同样会遇到不讲诚信的老板，同样会遇到不那么待见你，甚至时时处处给你"穿小鞋"的上司，同样会遇到这样那样的挫折。职场上的这个"坑"那个"坑"，常常让人焦头烂额。何其无奈！

于是，我们看到，有人发奋图强，成了创业英雄；有人勤勉自律，成了职场精英；有人得过且过，最终碌碌无为；有人铤而走险，以致锒铛入狱……

所以，我想说的是，《蹉跎岁月》不仅描写了一代知青的命运悲欢，也给了当下的人们深刻的人生启迪。谁的岁月不蹉跎？奋斗者，无悔青春征途。

也许，这正是《蹉跎岁月》的恒久生命力所在！

（2021 年 2 月 20 日）

关于陆小曼婚姻的三种猜想

——《今生为你，花开荼蘼：陆小曼传》读后

因为新冠肺炎病毒导致的疫情，宅在家里的那些日子，我看了不少书，其中就有一本《今生为你，花开荼蘼：陆小曼传》。

该书作者是一位署名妙吉祥的 80 后美女，是本名还是笔名不得而知。她笔下的陆小曼，既灵动活泼，又清新脱俗。

陆小曼是民国才女，她的才不仅体现在偶一为之便让人惊艳的诗文、翻译、绘画，也体现在她偶尔登台便让人叹服的昆曲表演天赋等。

陆小曼更是一位民国美女，她的美，连大名鼎鼎的学者胡适也称赞她是："一道不得不看的风景！"

美女加才女，柔情与豪情，使她成为那个时代"最有故事的女人"。她的故事，在她逝去半个世纪之后，仍被许多人传为绝唱。这本《今生为你，花开荼蘼：陆小曼传》，以传主爱情、婚姻为线索，用细腻生动的笔触勾勒了她惊心动魄的一生。

读完全书，掩卷沉思，意犹未尽，斗胆对陆小曼的婚姻做了三种猜想——

猜想之一：如果不遇上徐志摩

如果不遇上徐志摩，陆小曼会不会从一而终？不一定。

陆小曼前夫王庚，出生官宦之家，清华毕业后被保送赴美留学，

先后在密歇根大学、哥伦比亚大学、普林斯顿大学就读，然后转入美国西点军校攻读军事。他的同级学友中出了个名震 20 世纪的牛人，就是"二战"欧洲盟军统帅和美国第三十四任总统艾森豪威尔。1918 年王庚以西点军校全级 137 名学生中的第 12 名成绩毕业，回国后先后任职于北洋陆军部、航空局等，并担任巴黎和会中国代表团武官兼外文翻译，随后历任孙传芳五省联军总参谋长、敌前炮兵司令、铁甲车部队司令，民国交通部护路军少将副司令、财政部税警总团中将总团长等，自然也是牛人一个。

王、陆婚姻，是典型的"绅士淑女配"。他们的婚礼轰动京城，北平各大报纸争相刊登"一代名花落王庚"的消息。

但他们并没有像童话里说的"白雪公主嫁给了白马王子，从此过上幸福的生活"。短暂的激情过后，双方也都感到了性格的不适。王庚事业心强，忙于工作，即使在家，也是一天到晚手不释卷。而陆小曼天性自由散漫，喜欢热闹，社交是她不可或缺的生活。她把大量的时间都花在跳舞、应酬上，王庚无法忍受，两人时常发生争吵。他们的感情，也在一次次争吵中逐渐疏远。

徐志摩恰恰是在王庚与陆小曼婚姻产生裂痕的时候出现的。一个多情才子，一个绝世佳人，自然心有灵犀，即使是飞蛾扑火，也要不管不顾地结合。

说白了，即使不是遇上徐志摩，陆小曼与王庚的婚姻也很难持久。徐志摩的出现，只是加速了他们婚姻的破裂而已。

这就不难理解，为什么徐志摩去世之后，始终爱着陆小曼，离婚后一直单身的王庚希望和她复婚，她却执意不肯的原因了。

猜想之二：如果徐志摩不出意外

如果徐志摩不因飞机失事意外身亡，他们会不会白头偕老？同样是不一定。

陆小曼是在苦闷中遇上徐志摩的，徐志摩也正好处在感情的低迷期。他为了追求林徽因，抛弃了发妻张幼仪，林徽因却不辞而别，与梁思成结为连理。柔情似水、善解人意、"一双眼睛都像会说话"的陆小曼，正好填补了徐志摩情感的空白。而他心心念念的，始终是林徽因。更何况，作为现代诗坛上屈指可数的大诗人，徐志摩也是众多女性心仪的对象。除林徽因外，身边也常有些若隐若现的"女朋友"。陆小曼不可能视而不见，醋坛子打翻是常有的事。

另一方面，由于徐家并不看好这个儿媳，他们在徐志摩老家度过一段衣食无忧的日子，搬到上海后，徐家父母不再给他们提供经济上的支持。这时陆家也已衰落，陆小曼的父亲去世后，她的母亲也需要供养。偏偏，陆小曼从小娇生惯养，过惯了奢侈生活，却毫无理财观念，从不考虑钱从何来。出入要有小汽车代步，居家有用人伺候，常常在豪华场所一掷千金，包订剧院、夜总会等娱乐场所的高档座席，频频光顾著名赌场，去当时上海有名的"大西洋""一品香"吃大餐。不仅如此，据说因为陆小曼觉得牛奶没有营养，只吃新鲜人奶，所以还专门请了个奶妈。

要满足这个家庭的巨大开支，徐志摩只得四处兼课，弄得精疲力尽。久而久之，也难免心生芥蒂，他们婚姻的红灯频频亮起。

1930年底，徐志摩辞去南方几所大学的教职，离开让他失望的上海，北上发展。任性的陆小曼却不肯跟随，固执地留在上海，迷醉在灯红酒绿之中。无奈的徐志摩放心不下，只好在北京、上海之间来回奔波。为节省几个差旅费补贴家用，还经常托关系乘坐免费飞机。

就在他去世前的那次回上海，两人还大吵一架，陆小曼盛怒之下，举起烟枪扔了过去，徐志摩的金丝眼镜掉在地上摔得粉碎。徐志摩气得出去住了一夜，第二天回到家，迎接他的不是陆小曼道歉的笑脸，而是一封绝情信……

所以，我有理由相信，即使徐志摩不意外去世，他们的婚姻也不一定走得下去。

猜想之三：如果没有翁瑞午

如果没有翁瑞午，陆小曼会不会有别的男人？天知道。

翁瑞午本业是做财务工作（曾担任江南造船厂财务科长），但他却擅长中医推拿，也略通戏曲。因陆小曼身体不好，徐志摩生前便经常请他上门给妻子推拿。一来二去的，就成了要好的朋友，他们还一起登台表演过《玉堂春》。徐志摩外出授课时，翁瑞午上门，除了给陆小曼推拿，还一起聊些绘画、戏曲等，倒也非常默契。

当年王庚要离开北京去南京工作，陆小曼不愿跟随，王庚便托好友徐志摩照顾陆小曼，结果成就一对同"病"相怜的鸳鸯。徐志摩满含失望地离开上海去北京前夕，也曾郑重委托好友翁瑞午照顾陆小曼。这一照顾，便有了许多可能。

徐志摩去世的消息传来，陆小曼悲痛欲绝。痛定思痛后，她决定告别过去的自己，不再整天出入高档场所，而是素衣素颜待在家里，埋头整理、出版徐志摩文稿，以此寄托对亡夫的哀思。但陆小曼除了琴棋书画，除了跳舞、唱昆曲，生活上的事一窍不通。翁瑞午就是在陆小曼孤苦无依、生活无着时，做了她最信赖也最依赖的"蓝颜"，无悔付出三十三载。

对于翁瑞午，徐志摩生前朋友大多看不惯，甚至是讨厌的。许多人表示了对陆小曼的关心，也表达了照顾她的意愿。当初极力促成徐、陆联姻的胡适也力劝陆小曼，只要她离开翁瑞午，她的生活可以由他来负担，只是陆小曼并未接受。

她在徐志摩去世七年之后与翁瑞午正式同居。翁在养活结发妻子及五个子女的同时，悉心照顾陆小曼，直至1962年翁去世，也算是相濡以沫，有情有义。

由此看来，以陆小曼的才情、美貌，愿意照顾她的人还是很多的。而由于生活、精神的需要，如果有那么一个对得上眼，又有经济实力的人，她还是会接受的，即使她心里深深地爱着徐志摩。翁端午只不过恰好是那个对得上眼，又有能力照顾她的人而已。

当然，我的"猜想"也只是猜想而已，真实的状态也许只有当事者知。陆小曼之所以为陆小曼，盖因她身上有很多让人难以琢磨、难以理解的神秘。所以，世人感叹："读懂陆小曼，就读懂了女人一生的可能！"

（2020 年 3 月 29 日）

放弃是一种境界

——《南怀瑾教你掌控人生 36 计》读后

一

春节期间，为躲避新冠肺炎疫情，我宅在家里看完了《南怀瑾教你掌控人生 36 计》一书。

这本书躺在书柜已久，过去几年中，好几次想起要读，却总有那么多因素让其搁置，忙是重要理由。

而现在，再无理由推托。

如该书前言所说，《南怀瑾教你掌控人生 36 计》使读者有机会在南怀瑾先生轻松家常的口气中，领悟到"人生遭遇，有幸与不幸。虽曰人事，岂非天命哉！虽曰天命，岂非人事哉"的深刻道理，明白人生遭遇和事业成败皆在于自己，不要以外来因素掩饰性格中的缺陷，内讼自省，让自己人生更圆满，事业更上一层楼。

"这是一本蕴含人生博大精深的哲理箴言""这是一条开启人们内心困惑的智慧通途" "大师之言字字珠玑，大师之语意蕴无穷" "平实的话语挥洒如诗，智慧的箴言豁达飘逸"……

这样的导读，引人入胜。

二

36 计并非实数，而是泛指驾驭人生的方方面面。如控制欲望之道、厚积薄发之道、行善积德之道、隐忍宽容之道、进退得失之道、择友识人之道等，每方面都有很多分解，并有具体的案例。

综观南怀瑾的"36 计"，我最佩服老先生"适可而止，功成身退"的胸怀。他这一生，每次均在仕途看好时选择了隐退。20 岁的时候，他在川滇边境担任大小凉山垦殖公司经理，并组织自卫团，担任总指挥。他一个人独自去说服当地拥有三千多人的土匪，收编为他的地方团队，使队伍人数达到三万人。在完成自卫队的建立后，就带着两个卫士离开总指挥的位置，去成都中央军校担任教职。

他在成都中央军校担任政治指导员，同时教授政治学，并在中央军校政治研究班第十期毕业。在中央军校任教期间，他发现自己实际上是在破坏教育，而不是在建设教育，而且人人都想做领袖，这种现象很不正常。所以他在这里任教两年后毅然辞去教职，随袁焕仙先生在成都成立维摩精舍，并成为袁先生开山首座弟子。

在一般人看来，南怀瑾当时风华正茂，有资源有条件在仕途上走得更远，而且身边许多人还指望他的关照呢，怎么能说退就退呢？

不仅如此，南怀瑾晚年出面筹资，与浙江省温州市相关部门合资兴建金温铁路，这是一件功在当代、利在千秋的事情。他为此兢兢业业，鞠躬尽瘁。但在铁路历经数年终于竣工通车之际，他却毅然放弃所有股权，还路于民，再次功成身退，同样匪夷所思！

但事实正是这样，南怀瑾始终能够理性看待人生进退，淡泊功名利禄，懂得适可而止，而且从不拖泥带水。

三

南怀瑾的可贵之处，不仅在巨大的现实利益面前舍得放弃，还在于他清楚地知道自己的优劣势，不在自己不擅长的领域折腾。

作为一代国学大师，南怀瑾也有他的短板，比如看不懂外文。

南怀瑾不懂外文，一是受客观条件限制，他上私塾的时候，还没有外文课。后来，因动乱他自己也处于颠沛流离之中，不可能静下心来专修外文；二是他认为自己学习外文没有天赋。年轻时他在杭州国术馆读书，曾去社会上开办的英文补习班听课，学了几次，没有坚持下去。他感觉自己学英文比较吃力，要花费太多的时间，不如集中精力把中国文化学好，所以就放弃了。从那以后，他再没有动过学习外文的念头。他一辈子不懂外文，但不妨碍他功成名就，反而突显了他在中国传统文化造诣上的博大精深。

如像现在，考学位要外语，考职称要外语，升官晋级要外语，结果是高学位、高职称的人多了，会说外语的人也多了，但像南怀瑾一样堪称大师的人却少了。

四

南怀瑾一生，历经波澜，但似乎总有许多机会环绕着他。尤其是在他有了一定名望之后，只要他愿意，当官也好，发财也好，似乎都是唾手可得的事。

而选择了其中一样，他都有可能失去另外的机会。试想，以他的资源禀赋，如果当初他选择从军，不死就有可能成为一名叱咤风云的将军；如果他选择从政，就有可能成为一名优秀的政治家；如果他选择从商，成个富甲一方的富翁也不是不可能。但是，这也意味着中国可能少了一位"上下五千年，纵横十万里。经纶三大教，出入百家言"的文化大师！

在南怀瑾看来，人生本无意义，需要每个人去为之赋予意义。因此，必须考虑好，什么是你最重要的事？你希望成为什么或完成什么？有了明确的目标，然后就是抓关键——把握大关键，处理大关键。

我的理解，南怀瑾所说的抓关键，就是要学会取舍，大目标确定后就要勇于放弃一些东西。而他的目标是传承中华传统文化，由此放弃其他种种，也就是顺理成章的事情了。

人生 36 计，最难的是"取舍"二字。选择是一种智慧，放弃更是一种境界。

这是我读这本书最直观的心得。

（2020 年 2 月 1 日）

看完一本书，我把名字改了

——《陈毅自述》读后

我出生在农村，"发萌"读书的时候，父亲给我取名廖世华，姓氏没得选。"世"是我的"字辈"（辈分），也没得选。"华"与"中华"同义，也算顺理成章。

父亲说，世是世界的世，华是中华的华，一个名字中既包含世界又包含中华，这是个打着灯笼都难找的好名字。父亲是抗美援朝老兵，也是个老党员，连给孩子取名都那么"讲政治"！

最初我也曾为这个"好名字"自豪了一阵子。世界不能没有我，中华离不开我，有什么理由不自豪呢？可渐渐发现，这不过是自欺欺人而已。由于家庭贫困，吃穿不如人，生就一副面黄肌瘦的模样，我经常被人欺负。一些同学拿我名字取笑，不叫"廖世华"而叫"廖华"，叫着叫着就变成了"廖娃"。然后编各种段子，比如"廖世华，达扑爬（摔跟斗的意思）。达下来，生个娃""今年我老汉八十八，嫁给对门廖世华"，等等。小学、初中阶段，竟少有人叫我全名，很多就直接叫我"廖娃"，开玩笑时干脆就叫我"达扑爬"了。如今看来，那不过是纯真少年间的恶作剧而已，根本不值得计较。但在当时，我却感到是莫大的委屈。我针锋相对，和同学互怼，可怎么反击都没用。所谓一人难敌四手，打不过，骂不过，只有自己生气的份。生气生气，越生越气，气不过便怪罪起自己的名字来。既是名字惹的祸，就想改名字。但父母不同意，自己也想不出叫什么好，只得作罢。

转眼高中毕业，首次参加高考就败下阵来。我们应该是最后一届两年制高中，接着就是三年制了。这次高考落榜，接着跟读高三，因此也可算是首届三年制高中毕业生。但第二次高考又铩羽而归，不光是家里经济状况支撑不起，连我自己也觉得不是"吃皇粮"的料，有些心灰意冷。也越发感觉到，"世界""中华"这样的字眼对我来说太宏大、太高远，以我这样的泛泛之辈，根本承载不了那么伟大的使命，能够自食其力，不给世界、中华抹黑，不让含辛茹苦的父母为我受累，就算不错了。

那个长长的暑假，待在家里百无聊赖，跑到镇上唯一的书店瞎逛，看到一本刚出版的《陈毅自述》，随手翻翻挺有意思，当即买回家，如饥似渴地读了起来。书是陈毅元帅的回忆录，详细记录了他的出生、成长，到法国勤工俭学，回国参加革命等历程。可以说，战争年代，他是历尽艰难，九死一生。但他始终乐观旷达，不变信念。比如，在南方三年游击战争期间，国民党军队不停进剿，陈毅领导的游击队缺衣少食，缺枪少药，却常出其不意，给敌人以沉重打击。当敌人畏惧他的影响，极力诋毁他的时候，他诙谐地说："我陈毅是窗门洞里吹喇叭——鸣声在外。实际嘛，豆腐一碗，哈哈！"国民党的地方报刊时常称他"陈毅散匪""陈毅股匪"，他却拿着报纸朗声大笑，幽默自嘲："股者，一股两股，不成名堂之谓也！"在革命队伍里许多人看不到胜利希望，意志消沉的时候，他写下"二十年来是与非，一生得失几安危。莫道浮云终蔽日，严冬过后绽春雷"的豪迈诗句，表明自己不屈不挠、革命到底的决心。尤其是在梅岭被围，敌人放火烧山，眼看生命不保的危急时刻，他还能从容不迫地写下著名的《梅岭三章》，那种大义凛然、视死如归的气魄，感人至深！

看完本书，感触良多。一个出生贫苦农家，条件并不比别人优越的人，能够成就一番伟业，成为一代伟人，靠的是对真理的坚持、对理想的执着、对困难的蔑视。陈毅陈毅，陈（成）在毅力。那么我呢？人生路漫漫，困难何其多，不正需要那种坚持不懈的毅力吗？

那就改名叫"廖毅"吧！我打定主意。

　　我的本意是，要像陈毅那样的老一辈革命家学习，用他们的精神勉励自己坚定意志，认定的目标就不放弃。后来还在资料上看到，"毅"字五行属木，代表仁，就是仁慈、仁义的意思。体现在做人做事上，就是要刚柔相济、律己宽仁。这是一种优秀的处世之道，我希望用那样的品行约束自己。好在那时还未实行身份证制度，农村人家也没有户口本，改名不需要到公安机关登记，比较方便。

　　改了名，我先是参加镇上组织的基干民兵训练，为了混几顿饱饭吃，也想借此磨炼一下自己的意志。同批民兵一共三十多人，编为三个班，我被任命为其中一个班的班长。那正是一年里最热的季节，每天顶着烈日荷枪行军、实弹训练、学习军事知识，经常累得筋疲力尽，却也乐在其中。最重要的是，我在首长的教育下，认识了人民军队的伟大，在带队伍中学会了身先士卒，关心他人。我踊跃报名参军，但不知道是没赶上征兵季节还是别的什么原因，未能如愿，引为遗憾，但这次集训养成的奋斗作风终身受用。

　　民兵训练结束没几天，也到了新学期开学的时候。没当成兵，也没别的事情可干。我向街坊上一位好心的老伯借来5元钱报了补习班，打算再搏一次。由于吸取了过去的教训，再倍加努力，这次终于榜上有名。虽然录取的只是一所师范专科学校，但它是我人生的新起点，我一直心存感激，百倍珍惜。大概就在这一年，农村开始实行户籍登记制度，我的新名字也被记录在册，沿用至今。

　　此后数十年间，我当过中学教师、新闻记者、机关公职人员，最后到企业从头开始，成长为一名"高级打工仔"。其间职场变幻，人生沉浮，既有鲜花掌声簇拥的喜悦瞬间，也有遭遇挫折甚至不幸的至暗时刻。每当自己内心动摇的时候，总会想起当年那个夏天看过的那本书，想起书中主人公那种"大雪压青松，青松挺且直"的高贵品质，以及自己改名的初衷。于是，再一次振作起来，继续向前……

（2021年6月27日）